Matthew Costello
Neil Richards

Mydworth – Intrigen an der Côte d'Azur

MYDWORTH – Ein Fall für Lord und Lady Mortimer. Die Serie

Ein glamouröses Ermittlerduo, ungewöhnliche Verbrechen, schnelle Autos, schicke Kleider und rauchende Revolver – das ist *Mydworth,* die neue Serie von Matthew Costello und Neil Richards, den Autoren der britischen Erfolgsserie *Cherringham.* Sir Harry Mortimer, der ehemalige Spion im Dienste ihrer Majestät, ermittelt zusammen mit seiner umwerfenden Ehefrau Kat, die es mit jedem Bösewicht aufnehmen kann! *Mydworth* ist eine spannende Zeitreise ins England der 20er Jahre – für Fans von *Metropolis Berlin, Downton Abbey,* und *Miss Fishers mysteriösen Mordfällen.*

Die Hauptfiguren

Sir Harry Mortimer (32) kehrt nach langer Zeit im Ausland in seinen Heimatort Mydworth zurück. Der Sohn der wohlhabenden englischen Adelsfamilie hat als Pilot im Ersten Weltkrieg gekämpft und war danach zehn Jahre offiziell im diplomatischen Dienst tätig – in Wirklichkeit aber arbeitete Harry für den britischen Geheimdienst. Bei einem Einsatz in Kairo trifft er die wunderschöne Amerikanerin Kat Reilly, die ebenfalls verdeckt für ihre Regierung arbeitet. Die beiden verlieben sich und heiraten nach einer stürmischen Romanze. Das ungleiche Paar beschließt, zusammen nach England zu ziehen, um zur Ruhe zu kommen und sich dort ein beschauliches Leben aufzubauen. Aber es kommt anders als geplant …

Kat Reilly (32) kommt aus einer anderen Welt als ihr adliger Ehemann. Sie stammt aus New York und ist in ärmlichen Verhältnissen in der Bronx aufgewachsen. Aber sie ist tough, intelligent und abenteuerlustig. Sie erkämpft sich ein Stipendium an der Universität, arbeitet im Ersten Weltkrieg als Krankenschwester auf den Schlachtfelder Frankreichs und wird dann vom amerikanischen Außenministerium rekrutiert. Ihr scharfer Humor und ihre modernen Ansichten bringen frischen Wind in das verschlafene Mydworth. Aber an ihre Rolle als Lady Mortimer muss sie sich erst noch gewöhnen …

Über die Autoren

Matthew Costello ist Autor erfolgreicher Romane wie Vacation (2011), Home (2014) und Beneath Still Waters (1989), der sogar verfilmt wurde. Er schrieb für verschiedene Fernsehsender wie die BBC und hat dutzende Computer- und Videospiele gestaltet, von denen The 7th Guest, Doom 3, Rage und Pirates of the Caribbean besonders erfolgreich waren. Er lebt in den USA.

Neil Richards hat als Produzent und Autor für Film und Fernsehen gearbeitet sowie Drehbücher für die BBC, Disney und andere Sender verfasst, für die er bereits mehrfach für den BAFTA nominiert wurde. Für mehr als zwanzig Videospiele hat der Brite Drehbuch und Erzählung geschrieben, u. a. The Da Vinci Code und, gemeinsam mit Douglas Adams, Starship Titanic. Darüber hinaus berät er weltweit zum Thema Storytelling. Bereits seit den späten 90er Jahren schreibt er zusammen mit Matt Costello Texte.

Seit 2013 schreiben das transatlantische Duo Matthew Costello und Neil Richards die Serie CHERRINGHAM, in der inzwischen 38 Folgen erschienen sind. MYDWORTH ist ihr neues gemeinsames Projekt.

FSC
www.fsc.org
MIX
Papier aus verantwortungsvollen Quellen
Paper from responsible sources
FSC® C105338

MATTHEW COSTELLO
NEIL RICHARDS

MYDWORTH

Ein Fall für Lord und Lady Mortimer

Intrigen an der Côte d'Azur

Aus dem Englischen von Sabine Schilasky

be THRILLED

beTHRILLED

Vollständige ePub-to-Print-Ausgabe des in der Bastei Lübbe AG erschienenen eBooks »Mydworth – Ein Fall für Lord und Lady Mortimer. Intrigen an der Côte d'Azur« von Matthew Costello und Neil Richards

beTHRILLED in der Bastei Lübbe AG

Titel der englischen Originalausgabe: »Mydworth Mysteries – Secrets on the Cote d'Azur«

Textredaktion: Julia Feldbaum
Lektorat/Projektmanagement: Kathrin Kummer
Covergestaltung: Guter Punkt, München unter Verwendung von Motiven © Artem Peretiatko / Getty Images; Boris Stroujko / Adobestock; master2 / iStock; stocknshares / istock; stevegeer / iStock; Chansom Pantip / iStock; dgedj / Getty Images; inarik / Getty Images; Kamenetskiy Konstantin / Shutterstock
Satz: 3w+p GmbH, Rimpar
Druck: Books on Demand GmbH, Norderstedt

ISBN 978-3-7413-0241-1

www.be-ebooks.de
www.lesejury.de

1. Ein herrlicher Sonnenuntergang

Percy Porter ging nach unten auf den staubigen Bahnsteig im Bahnhof von Cannes und hielt Abstand von der hektischen Menschenmenge. Er beobachtete das Bahnpersonal, das Flaggen schwenkte und pfiff, um den Zug loszuschicken.

Er zog seinen weißen Panamahut tiefer in die Stirn, um sich vor der Abendsonne zu schützen, und stützte sich auf seinen Spazierstock, eine Hand fest auf den silbernen Knauf gelegt.

Regungslos betrachtete er jedes noch so kleine Detail: die fernen schneebedeckten Alpen, den schwarz-weißen Qualm aus der Lokomotive, die plaudernden Menschen, die Aromen, die aus dem Ort herbeiwehten und sich mit Noten von Zigarrenrauch vermengten, den sich gen Westen rötenden Himmel mit dem satten Blau darüber.

Was für ein Idyll!

Und als der Zug mit kreischenden Rädern davonstampfte, drehte er sich um und ging hinunter in das Straßenlabyrinth, das ihn zum Meer führte, der Croisette und seinem Hotel.

Warum war mir nie klar gewesen, dass das Leben *so* sein konnte, dachte er, als er durch die belebten Straßen ging, in denen die Abendluft geschwängert war von Gerüchen, Bildern und Geräuschen.

Warum habe ich in meinen fünfzig Jahren auf Erden nie begriffen, was es bedeutet, wahrhaft glücklich zu sein … bis jetzt?

Natürlich kannte er die Antwort auf diese Frage.

Ein Wort – und er lächelte, als er es leise aussprach: »*Simone.*«

Seine ganze Existenz ließ sich in das Leben *vor* und das Leben *mit* Simone aufteilen.

Bevor sie in seine Welt kam, waren seine Tage in England von grauen Wolken, nassen Kopfsteinpflastern und bitterkalten Stürmen bestimmt gewesen. Von lauten Fabriken, Abfüllanlagen, verqualmten Sitzungszimmern, diversen Bankschecks und brancheninternen Reibereien. Von endlosen Dosen Tomatensuppe, Eier-Kresse-Sandwiches und unzähligen Bechern von starkem Tee.

Eher ein Gefängnis als ein Leben.

Und nach seinem Arbeitstag? Seine Abende und Wochenenden hatte er bei stummen Abendessen mit seiner Frau Alice in ihrem düsteren Wohnzimmer in Nantwich Hall verbracht, wo die Monotonie nur von gelegentlichen langweiligen Dinners mit der Hälfte aller Bürgermeister Nordwestenglands und deren verkniffenen Frauen unterbrochen worden war – oder von förmlichen Nachmittagstees mit faden Vikaren und dussligen Aristokraten. Und natürlich waren Alice' hochnäsige Verwandte aus Südengland zu Besuch gekommen, die immerfort geklagt, kritisiert und sich über irgendwas beschwert hatten.

Was für ein Narr er gewesen war, solch ein Leben zu führen, wo dieses hier doch möglich war.

Das Leben mit Simone.

Ein freudvolles, traumhaftes Dasein bei unglaublich

angenehmem Wetter, so viel köstlicherem Essen, leuchtenden Farben, charmanten Menschen. Und jeder Tag glich einem neuen Abenteuer vor der stets bezaubernden Mittelmeerkulisse.

Nun schlenderte er an Cafés und Geschäften vorbei, die er kannte, wechselte mit den Kellnern und Stammgästen mal ein fröhliches »Bonsoir«, mal ein höfliches »Monsieur«. Schließlich erreichte er die Croisette, jene lange Promenade, die sich an der Bucht von Cannes entlangzog. Er blieb stehen, tippte sich an den Hut und lächelte einem eleganten jungen Paar zu, das lachend Arm in Arm dahinlief – als würde er Seelenverwandte erkennen, die gleichfalls vom Zauber dieses Ortes eingenommen waren.

Das Paar erwiderte sein Lächeln, und er wusste, dass sie verliebt waren. Er vermutete sogar, dass sie mit dem Instinkt Liebender erkannten, wie wahrhaft und bis über beide Ohren verliebt er selbst war.

Verliebt in Simone. Allein der Gedanke ist … schwindelerregend!

Er war verliebt in ihre braunen Augen, in ihr wissendes Lächeln, ihre schöne, weiche Haut, ihre grenzenlose Energie, ihre verrückten Ideen, ihre ernsten Gedanken, ihre sanfte Seele, ihr geschmeidiges Tanzen, ihren überragenden Gesang – und immer wieder diese Augen, die in seine blickten.

Er schaute über die Croisette, auf der es von hübschen Paaren bei ihrem Spaziergang vor dem Abendessen nur so wimmelte. Weiße Pferdekutschen rollten vorbei, und rhythmisches Hufgetrappel begleitete das sanfte Rauschen der nahen Palmen.

Das Meer hatte einen schimmernden Grünton angenommen, und im Westen brachte die untergehende Sonne den roten Stein des Esterel-Massivs zum Leuchten, als wäre er lebendig.

Percy sah nach Osten, vorbei an seinem Hotel, dem Carlton. Wären die Pointe Croisette und der Hafen nicht, könnte er womöglich bis nach Antibes blicken, wo Simone in diesem Moment gewiss schlafend auf ihrem von Seide bezogenen Bett lag und sich vor dem Dinner ausruhte.

Lächelnd erinnerte er sich an das süß duftende Apartment, das er erst vor einer Stunde verlassen hatte, und an das warme Bett.

Dann erschrak er – nur für eine Sekunde –, als er eine schroffe Stimme vernahm. Einen kurzen Moment lang glaubte er, es sei der harsche Klang seiner Frau Alice, der ihm wie ein Dolch ins Herzen fuhr.

Er drehte sich um, fürchtete, sie könnte tatsächlich hier sein, legte jedoch gleich erleichtert eine Hand auf sein Herz, denn es handelte sich um ein streitendes englisches Paar, das an ihm vorbeimarschierte. Der Mann starrte verdrossen auf das Pflaster, die Kinder gingen kerzengerade und brav in einer Reihe hinter den Eltern her.

Er lächelte. Natürlich war das nicht Alice. Sie sollte erst in einem Monat an die Riviera kommen.

Kein Grund, sich jetzt schon verrückt zu machen!

Ja, ihm blieb noch reichlich Zeit, sich eine Lösung für diese wundersame Wendung auszudenken, die sein Leben genommen hatte. Er musste überlegen, wie er es handhaben sollte.

Doch weil es zum Glück noch nicht so weit war, blickte er wieder zu der langen Reihe vornehmer Hotels mit den weißen Stuckfassaden. Es war Zeit für einen Drink.

Und wo könnte man den besser genießen als auf der Dachterrasse des schicken neuen Hotels, des Martinez!

Ja, es war teuer. Extrem teuer! Doch Percy war klar – auch weil seine liebe Simone es ihm immer wieder sagte: »*Geld ist zum Ausgeben da – zum Genießen, mon chéri!*«

Also schlenderte er auf das prächtige Hotel zu, dessen Front zum sich nun verdunkelnden Mittelmeer hinauszeigte, und fragte sich, welchen ihrer neumodischen Cocktails er heute Abend kosten sollte. Und er überlegte, ob er abends Wolfsbarsch in Salzkruste oder Hummer speisen würde.

Drei Stunden später und recht beschwipst – *wen kümmert es?* – schritt er durch die Drehtüren seines Hotels – zwei Runden, einfach zum Spaß – und ging über den Marmorboden auf die Rezeption zu.

»Monsieur Porter, *Bonsoir*«, sagte der Nachtportier.

»*Mon cher Gaston,* mein alter Freund, mein starker Fels in der Brandung«, sagte Percy und lehnte sich etwas wacklig an den Tresen, seinen Panamahut unter dem Arm. Er strahlte den jungen Mann in dem makellosen Anzug mit dem blanken Namensschild einige Sekunden lang an. »War es nicht ein herrlicher Sonnenuntergang?«

»Gewiss doch, Sir«, antwortete Gaston. »Ich hoffe, Sie hatten einen angenehmen Tag?«

»Oh, sehr viel mehr als angenehm«, sagte Percy. Er trat zurück und vollführte eine Drehung. Eine Pirouette – genau wie Simone sie heute Morgen am Strand in Antibes gemacht hatte. »Mein ganzer Tag war … berückend! Köstlich! *Superbe!* Genau genommen alles auf einmal!«

»Freut mich sehr für Sie, Sir«, sagte Gaston, und Percy sah ihn lächeln.

»Wünschen Sie Ihren Schlüssel, Sir?«

»Den Schlüssel?«, wiederholte Percy. »Aber, Gaston, die Nacht ist noch jung!«

Dann bemerkte er, dass ihm der Kopf ein wenig schwirrte. War der letzte Kognak vielleicht einer zu viel gewesen?

Der Gedanke an sein Bett wurde sekündlich verlockender.

Er schwankte leicht, als Gaston ihm seinen Zimmerschlüssel gab, der an einer riesigen Troddel hing, größer als die an den Vorhängen in Nantwich Hall.

»Oh, das hätte ich beinahe vergessen«, sagte Gaston. »Es ist Post für Sie da, Sir.«

Percy runzelte die Stirn, als der Portier einen großen braunen Umschlag aus einem Fach hinter sich nahm und ihn über den Tresen reichte.

Er betrachtete den Brief.

»An Monsieur P. Porter. Persönlich und vertraulich. Nur an den Empfänger auszuhändigen.«

Seltsam, dachte er. Er erwartete gar nichts. Das Büro hätte doch sicher angerufen, wären Verträge zu unterzeichnen. »Äh, haben Sie gesehen, wer ihn abgegeben hat?«, fragte er.

»Nein, Monsieur«, antwortete Gaston. »Da war ich noch nicht im Dienst.«

Percy drehte den Umschlag in seinen Händen. Plötzlich sagte ihm ein Gefühl, dass er ihn nicht hier öffnen sollte. Er klemmte ihn sich unter den Arm.

»Nun, das Leben steckt voller Überraschungen, mein Junge, meinen Sie nicht auch?«, fragte Percy.

»Durchaus, Sir.«

»Also, *bonne nuit*, mein Guter!«

»*À vous aussi*«, sagte Gaston.

Und Percy ging zum Aufzug. Er freute sich bereits

darauf, die Herausforderung der Art-déco-Türen zu meistern.

Percy betrat sein Zimmer, schaltete das Licht ein und warf seinen Hut, den Stock, den Schlüssel und den Umschlag aufs Bett.

Die Balkontüren standen offen, und die Vorhänge wehten in der sanften Abendbrise.

Percy ging hinaus und betrachtete die strahlend schöne Aussicht auf das hell erleuchtete Cannes und den über dem tiefen schwarzen Meer aufgehenden Mond.

Dann löste er seinen Blick und nahm den Umschlag wieder in die Hand.

Was kann das nur sein? Ah … vielleicht ein Geschenk von Simone!

Die Lasche war geschlossen und zusätzlich mit Klebeband fixiert. Sehr sicher! Percy zupfte ungeschickt an dem Klebeband, bekam das Ding aber nach einer Weile auf. Drinnen befanden sich allem Anschein nach Fotografien und ein einzelnes gefaltetes Blatt.

Er zog es heraus, schob es auseinander und sah …

… kein Geschenk von Simone.

Die Nachricht war aus Lettern und Wörtern zusammengesetzt, die aus Zeitungen und Zeitschriften ausgeschnitten worden waren. Und die simple Botschaft durchbohrte ihn wie ein Pfeil: ZWANZIGTAUSEND FRANCS MORGEN ODER DIE WERDEN VERÖFFENTLICHT.

Die? Auf einmal wurde Percy nervös. Was zum Teufel …?

Mit zitternden Händen griff er erneut in den Umschlag und zerriss ihn versehentlich. Ein halbes Dutzend Fotografien fiel auf das Bett.

Entsetzt wich er zurück.

Die Aufnahmen von ihm und Simone erkannte er sofort. Sie waren in dieser Woche in Antibes gemacht worden.

Intime Aufnahmen. Ihre süßen Momente der Liebe zu einer Obszönität verzerrt!

Percy hielt sich die Hände vor die Augen, als könnte er so tun, als ob die Fotografien nicht existierten. Er stolperte rückwärts weg vom Bett, bis er gegen die Wand stieß. Nun zitterte er am ganzen Körper.

Das Glück des heutigen Tages verwandelte sich in Wut, Schmerz und Verzweiflung. Er hörte sein lautes Schluchzen, als käme es von jemand anderem, der gedemütigt klang.

Dieser andere bin ich.

2. Fremde im Zug

Kat Reilly – dieser Tage in England weithin als Lady Katherine Mortimer bekannt – beobachtete, wie ihr Mann Harry mit einem erfreulichen Zischen eine Flasche Champagner entkorkte.

»*Parfait!*«, sagte er, befüllte zwei Kristallflöten und reichte ihr eine.

Noch perfekter wurde es, als sie das laute Pfeifen der Dampflok vernahm und fühlte, wie sich der berühmte und unfassbar luxuriöse »Train Bleu« mit einem Ruck in Bewegung setzte, um den Gare de Lyon in Richtung französische Riviera zu verlassen. Für eine junge Frau aus der Bronx war es ein recht eindrücklicher Moment.

»Ups!« Harry stützte sich mit einer Hand an der Wand ihres Schlafabteils ab. Dann erhob er sein Glas und stieß mit ihr an.

»*À votre santé!*«, sagte Kat, trank einen Schluck und setzte sich auf die gepolsterte Bank. »Mmh, köstlich.«

»Pommery. Nur das Allerbeste zum Auftakt des Urlaubs, nicht wahr? Oder sollte ich sagen – der Ferien?«

»Ferien werden es erst, wenn du deine letzten Besprechungen in Nizza abgeschlossen hast«, sagte Kat. »Bis dahin versuche ich, es als ›Geschäftsreise‹ zu sehen.«

»Weise Worte! Obwohl ich gestehen muss, dass nur

wenige Geschäftsreisen ein hochmodernes Schlafabteil, ein privates Bad und erstklassiges Essen vorsehen – und das ist erst der Anfang! Ich denke, die Riviera wird ganz nach deinem Geschmack sein.«

»Und sieh mal, sogar ein kurzer Blick auf den Eiffelturm ist uns vergönnt.« Kat nickte zum Fenster, hinter dem Paris im frühen Abendlicht vorbeiglitt. »Übrigens, ziehen wir uns zum Dinner um?«

»Selbstverständlich, meine Liebe. Das gehört zum Spaß dazu! Und ich weiß aus sicherer Quelle, dass die Wagons Lit Company nicht bloß Speisen bietet, die jedem Gourmet schmeicheln würden, sondern auch eine ziemlich große Weinkarte bereithält.«

»Schade nur, dass sie nicht an Doppelbetten gedacht haben«, sagte Kat, wobei sie sich in dem kleinen Einzelabteil umschaute, bevor sie Harry zulächelte.

»Ja, das ist verblüffend unfranzösisch, nicht? Aber keine Sorge, ich werde die Tür zwischen unseren Abteilen offen lassen und dir süße Nichtigkeiten zuflüstern, bis du tief und fest eingeschlafen bist.«

Mit ihrer Sektflöte in der Hand trat Kat einen Schritt auf ihren Mann zu.

»Oh, ich erwarte mehr als das«, sagte Kat mit einem Augenzwinkern. »In der Zwischenzeit gib mir bitte mehr Champagner. Der ist hervorragend.«

»*Mais bin sûr, madame.*« Harry schenkte ihr nach und blieb stehen, als Kat für eine Sekunde in seinem Abteil verschwand – und mit einer Schale Oliven zurückkehrte.

»Regel Nummer eins in französischen Schlafwagen: Gib dem Zugbegleiter bei der Ankunft ein gutes Trinkgeld, und du wirst auf der gesamten Reise königlich umsorgt. Oder kaiserlich?«

»Wie auch immer«, antwortete Kat, nahm eine Olive und erhob ihr Glas. »*Vive la France!*«

»*Vive la revolution*, möchte ich sicherheitshalber ergänzen«, sagte Harry, nahm sich Oliven und setzte sich zu ihr auf die Bank, während die Pariser Vororte im sanften Abendlicht vorbeizogen.

Harry lehnte sich in dem eleganten Speisewagen zurück, während der Kellner ihnen zarten Lammbraten schnitt und dampfendes Gemüse aus Silberschalen servierte.

»*Madame, monsieur*«, sagte er, verneigte sich leicht und zog sich zurück.

Harry trank einen Schluck Rotwein.

Perfekt! Ein Chateau Margaux 1920, ein Wein, den er anbetete, noch dazu sein bevorzugter Jahrgang. Er wurde beständig rarer und teurer. Doch in diesem Zug war das kein Thema.

»*Bon appétit*«, sagte er, stieß mit Kat an, und sie begannen zu essen.

In ihrem dunkelblauen tief ausgeschnittenen Seidenkleid sah Kat umwerfend aus, und das Diamantcollier, das er ihr zum Hochzeitstag geschenkt hatte, funkelte im Laternenschein des Wagens.

Er wusste, dass sie sich nicht viel aus Schmuck machte, doch wenn sie ihn trug, stand er ihr verteufelt gut.

Draußen war es dunkel. Nur hin und wieder brausten sie durch einen spärlich beleuchteten Bahnhof gen Süden.

Der Speisewagen hatte sich rasch gefüllt, aber Harry hatte reserviert – mittels einiger Francs. So saßen sie an einem gemütlichen Tisch für zwei Personen ganz am Ende des Waggons, was ideal war, um Leute zu beobachten, und zugleich waren sie selbst außer Hörweite anderer Tische.

So mochte Harry es, wenn er *beruflich* unterwegs war. Und letztlich war er es auf dieser Reise.

Seine gelegentliche Arbeit für einen kleinen, diskreten Zweig des britischen Geheimdienstes war nicht sonderlich anstrengend, dennoch war diese Reise wichtig. Es ging um die Abschlussgespräche mit einem Agenten, der ein Jahr lang in Nordafrika undercover gearbeitet hatte.

Das *Büro* hatte keine Einwände gehabt, dass er Kat mitnahm und noch eine Woche Urlaub an die Reise dranhängte.

»Und wann triffst du deinen *Kontakt?*«, fragte Kat, als hätte sie seine Gedanken gelesen.

»Morgen früh, hoffe ich, insofern wir pünktlich ankommen«, antwortete Harry. »Ich möchte es zügig erledigen, damit wir bald frei sind, um unsere Urlaubswoche zu genießen.«

»Mir gefällt, wie du denkst, Sir Harry. Kennst du den Mann gut? Wie war noch sein Name … Groves?«

»Wyndham Groves, ja. Kennen wäre zu viel gesagt. Ich bin ihm einige Male in Whitehall begegnet. Ein alter Hase, heißt es, und einer von den Guten mit Unmengen Erfahrung.«

»Ich hoffe, du darfst Einzelheiten erzählen. Obwohl alles streng geheim ist.«

»Oh, keine Sorge, das werde ich«, sagte Harry grinsend.

Als er und Kat sich zum ersten Mal in Kairo beim Empfang der britischen Botschaft begegnet waren, hatte er sehr schnell festgestellt, dass ihr Diplomatentitel eine Tarnung für eine weit *geheimere* Arbeit im Dienste ihres Landes gewesen war.

»Tja, während du den ganzen Spaß mit dem *uralten Spiel* hast, werde ich ein wenig einkaufen gehen, mir einige neue Sommerkleider aussuchen. Ich darf dich ja nicht blamieren, indem ich die Modefarbe vom letzten Jahr trage.«

»Du und mich blamieren? Ausgeschlossen! Ich habe gedacht, wenn ich rechtzeitig fertig bin, können wir am späteren Nachmittag vielleicht einen Ausflug *à la plage* machen? Danach Cocktails und Dinner irgendwo, *à deux?*«

»Klingt wunderbar.« Kat schob eine Hand auf seine, die er auf dem gestärkten weißen Tischtuch liegen hatte. »Obwohl wir Tante Lavinia natürlich nicht vergessen dürfen.«

Harry lachte. Seine Tante war seit einigen Wochen in Antibes, und kaum hatte sie gehört, dass die beiden nach Nizza kommen würden, war sie wild entschlossen gewesen, ihnen Einladungen zu sämtlichen wichtigen Partys zu beschaffen.

»Lavinia? Ich bezweifle, dass sie es dazu kommen lässt. Schon Ende der Woche werden wir so weit sein, dass wir uns verstecken wollen.«

Er sah Kat lächeln, aber dann schien sie etwas hinter ihm zu bemerken. Anstatt sich umzudrehen, fragte er: »Hast du etwas gesehen?«

»Ist es so offensichtlich? Ich muss aus der Übung sein.«

»Oh, ich glaube nicht, dass es jemand anders mitbekommen hätte. Ich bin nur sehr aufmerksam, zumindest wenn es um dich geht. Was ist los?«

»Okay, schau in den Spiegel hinter mir. Zwei Tische weiter sitzt ein Mann allein …«

Harry blickte unauffällig zum schmuckvollen Spiegel über ihrem Kopf, der ihm den gesamten Wagen offenbarte.

Alle Tische waren voll besetzt; lediglich an einem saß

ein alter Mann in einem weißen Anzug, ganz allein. Schnauzbart, welliges weißes Haar, Monokel.

»Ja, ich sehe ihn«, sagte er und nahm noch einen Bissen von der köstlichen Speise. »Was ist mit ihm?«

»Das lässt sich auf diese Entfernung schwer sagen«, antwortete Kat. »Aber ich würde wetten, dass er *kein* alter Mann ist.«

»Ach nein? Und was verrät ihn?«

»Das Haar ist gut. Der Schnurrbart auch. Der abgetragene Anzug sehr passend. Aber die Hände – soweit ich es von hier aus erkennen kann, sind es die eines jungen Mannes.«

Wieder schaute Harry in den Spiegel.

»Ah, ja, du hast recht! Wie überaus interessant.«

Harrys erster Gedanke war: *Ist er meinetwegen hier? Werde ich verfolgt? Beobachtet?* Es gab jede Menge Geister aus seiner Vergangenheit, die brennend daran interessiert waren, was er trieb.

Doch es kam ihm unwahrscheinlich vor. Und sollte sich eine fremde Macht ernsthaft für seinen Ausflug an die Riviera interessieren, wäre es so viel leichter gewesen, seine Spur erst ab dem Bahnhof in Nizza aufzunehmen.

»Ein Anfängerfehler«, sagte Kat, legte ihr Besteck hin und trank einen Schluck von ihrem Margaux.

»Womit sich die Frage stellt, um wen es sich hier handelt. Einen Spion, Dieb, Betrüger …?«

»Na, da wir ihm nun auf die Schliche gekommen sind, werden wir es vor dem Ende dieser Reise herausfinden.«

»Und ob«, bestätigte Harry. »Faszinierend. Ich hoffe, er bleibt zum Dessert. Käse und Portwein würden zur Rolle passen. Ich würde zu gerne erfahren, was er im Schilde führt …«

»Geht mir genauso«, stimmte Kat ihm zu.

Sie lächelten einander an, und auf einmal war dieses Dinner spannender geworden.

Zwei Stunden später war der Speisewagen fast leer. Harry nickte einem jungen Paar zu, das an ihnen vorbei zurück zu den Schlafwagen ging. Womit nur noch der mysteriöse alte Mann blieb – und Harry und Kat.

»Wie überaus interessant«, sagte Harry. »Ich glaube, wir könnten das Zielobjekt sein.«

»Möglich wäre es. Auf jeden Fall ist es witzig.«

Harry gab dem Kellner ein Zeichen, und als die Rechnung kam, bezahlte er auffällig mit Bargeld aus seiner Brieftasche. In dem Spiegel über Kats Kopf sah er, dass der alte Mann ihn aufmerksam beobachtete.

»Wie stellen wir es an?«, fragte Kat leise, nachdem der Kellner weg war.

»Bei einem so gut maskierten Burschen wie dem? Ich denke, *er* wird den ersten Schritt machen.«

Und tatsächlich bezahlte der Mann im weißen Anzug kaum eine Minute später seine Rechnung, stand betont mühsam von seinem Tisch auf und schlurfte an ihnen vorbei zu den Schlafwagen.

Harry ließ ihm ein wenig Vorsprung, dann nickte er Kat zu, stand auf und folgte ihm.

Er öffnete die Glastür zum ersten Wagen und ging langsam durch den schmalen Gang. Der Zug schwankte rumpelnd durch die Nacht. Weit musste er nicht gehen, bevor er etwas sah … eine Brieftasche, die auf dem Boden lag.

Ah, dachte er. *Der* Trick.

Lächelnd bückte er sich, hob sie auf und öffnete sie – ganz der überraschte Reisende. In der Brieftasche fand sich eine Visitenkarte in Golddruck – *Henry Jacques, Versicherungsmakler.*

Er wusste, dass er nicht lange warten müsste. Und kurz darauf erschien der Mann aus dem nächsten Wagen, sah Harry mit seiner Brieftasche in der Hand und tat, als würde er sich ein wenig aufgeregt beeilen, zu ihm zu gelangen.

»Ah, Monsieur! *Merci à Dieu!* Sie haben sie gefunden! Meine – wie sagt man noch – Brieftasche?«

»Oh ja. Sie muss Ihnen runtergefallen sein, alter Knabe.« Harry reichte sie ihm. »Monsieur Jacques?«

»*Oui, c'est moi!*«, antwortete der Mann und nahm sie. »Ich kann Ihnen gar nicht genug danken!«

»Jederzeit, Monsieur. Gern geschehen.«

Harry hörte die Tür zum Speisewagen hinter sich aufgehen und wusste, dass es Kat war.

»Ist alles in Ordnung, Liebling?«, fragte sie und kam zu ihm, um in ihre Rolle einzusteigen.

»Oh, bestens, mein Engel«, antwortete Harry. Er genoss seinen Part. »Geh du ruhig vor. Ich bin in einer Minute bei dir.«

Sie drängte sich an ihnen vorbei – der alte Mann versuchte, sich in dem engen Raum zu verbeugen – und ging weiter zum Ende des Wagens.

Dort wechselte sie allerdings nicht in den nächsten Waggon, sondern drehte sich um, verschränkte die Arme und wartete. Es war der ideale Platz, um die kleine Szene zu beobachten, die sich am anderen Ende des Ganges abspielte.

Nun sah Harry, wie der alte Mann innehielt, die Brieftasche öffnete und in das Fach für Geldscheine schaute. Erschrocken blickte er auf.

»Monsieur«, sagte er, die Augen weit aufgerissen.

»Non! Das muss ein Irrtum sein. Ich hatte beinahe zehntausend Francs hier drin. Die sind fort! *Disparu!*«

»Ach ja?«, fragte Harry. »Zehntausend, sagen Sie? Sind Sie sich ganz sicher, dass die da drinnen waren?«

»Aber natürlich! Und der Kellner wird es bestätigen. Er hat die Scheine gesehen, als ich meine Rechnung bezahlt habe.«

»Wie seltsam. Doch ich frage mich … wo könnte all das Geld hin sein?«

»Ja, wo könnte es sein, Monsieur?«, sagte der alte Mann, der sich große Mühe gab, gebrechlich und aufgebracht zu wirken.

Harry nahm auf einmal einen Hauch von Vorwurf in dessen Stimme wahr.

»Oh! Sie wollen doch gewiss nicht andeuten, ich hätte …«

»Aber Sie haben die Brieftasche gefunden! Sie haben sie in der Hand gehabt! Die Francs sind weg! Das ist Diebstahl! Noch dazu am helllichten Tag, im Train Bleu!«

Harry ersparte sich die Anmerkung, dass es draußen stockdunkel und mitten in der Nacht war, und hatte seine liebe Not, nicht zu grinsen, als sich Kat lautlos vom anderen Ende des Ganges näherte.

»Damit ich das richtig verstehe, Monsieur Jacques«, sagte er. »Wollen Sie mich des Diebstahls bezichtigen?«

»Will ich! Und ich werde den Zugführer rufen, damit er Ihre Brieftasche überprüft, *immédiatement!*«

»Wissen Sie genau, dass Sie Ihr Bargeld nicht verlegt haben?«, fragte Harry. »Und es vielleicht in Ihre Tasche gesteckt haben?«

Kat war jetzt nur noch einen Meter hinter dem Mann, der sie bisher nicht bemerkt hatte.

»Selbstverständlich nicht!«, sagte der Mann lauter.

»Wofür halten Sie mich? Ein Gentleman würde nie Bargeld in seine *Tasche* stecken!«

»Ach nein?«, fragte Kat. Und Harry sah, wie sie blitzschnell die Hand in seine Jackentasche tauchte und ein Bündel Geldscheine hervorzog. »Tja, dann weiß ich nicht, was das hier sein könnte.«

»Was?« Der Mann drehte sich um.

Zu beweglich, wie Harry fand.

»*Mon Dieu.* Vielleicht ist dies das fehlende Geld?«, sagte Kat, die unglaublich unschuldig dreinblickte.

Der alte Mann erstarrte, klopfte seine Jackentasche ab und korrigierte offensichtlich seine Strategie. Harry dachte an den Satz, den Spieler gern benutzten, wenn sie ein mieses Blatt auf der Hand hatten: *Aufgeben oder auf Risiko gehen.*

»*Zut alors!*«, sagte der Mann. »Ja, das ist es! Madame – *merci beaucoup!* Ich habe einen furchtbar dummen Fehler begangen.« Um des Effekts willen schlug er sich mit der flachen Hand an die Stirn, als wäre sein Alter schuld an dem Versehen.

Harry beobachtete, wie Kat das Bündel auseinanderfaltete und wie ein Kartenspiel aufblätterte. Oben und unten lag jeweils ein echter Hundert-Francs-Schein, doch dazwischen waren es nur zugeschnittene Blätter.

»Oh«, sagte der alte Mann und gab sich verdutzt.

Jede schlüssige Erklärung war wohl dahin.

»Ähm, sicher muss hier ein *Erreur* …«

»Ihr einziger Fehler, Freundchen«, sagte Kat, »war der, sich für Ihr Spielchen uns zwei auszusuchen.«

Mit diesen Worten riss sie ihm brutal den falschen Schnauzbart ab.

»Autsch! Hey, das tut weh, verdammt!«, schimpfte er mit einem unverkennbar amerikanischen Akzent.

Nun lüpfte Kat seinen Hut und zog ihm die weiße Perücke vom Kopf.

Wie Kat bereits geahnt hatte, kam ein viel jüngerer Mann zum Vorschein, gerade Anfang zwanzig, wie Harry schätzte. Er hatte dunkles Haar und eine Make-up-Linie, wo die Perücke gewesen war.

»Na, schau«, sagte Harry. »Wie es aussieht, ist das Spiel aus, *Henri Jacques*.«

»Ha, ist es wohl«, antwortete er achselzuckend und rang sich ein Grinsen ab, als wäre alles ein Witz gewesen. Dann lehnte er sich lässig ans Zugfenster. »Verraten Sie mir, wie Sie es erkannt haben?«

»Ihre Hände«, sagte Kat.

»Oh, verdammt. Mir war das Zeug ausgegangen, das ich sonst benutze«, erklärte der junge Mann. »Und ich habe gedacht, ich komme damit durch.« Sein Grinsen wurde breiter. »Anscheinend nicht.«

Kat nickte. »Es war nicht schlecht gespielt – das muss man Ihnen lassen. Und der französische Akzent war durchaus glaubwürdig.«

»Hey, Sie sind auch aus Amerika? Was für ein Zufall! Meinen Sie, das mit dem ›Zut alors!‹ war vielleicht ein bisschen dick aufgetragen?«

Harry lachte. »Kann sein.«

»Aber mal im Ernst … der Brieftaschentrick?«, fragte Kat. »Das ist doch Kinderkram.«

»Ja, ich weiß«, sagte der Mann, der immer noch grinste. »Aber meistens reicht er, um eine Hotelübernachtung und manchmal sogar noch ein gutes Essen bezahlen zu können. Keiner will einen Skandal im Train Bleu!«

»Wie ist Ihr richtiger Name?«, fragte Harry. Er war eher amüsiert als wütend.

»Roscoe«, antwortete der Mann munter und reichte ihnen die Hand. »Roscoe Burns.«

»Auch New Yorker, was?«, fragte Kat. »Bronx, wenn ich mich nicht täusche.«

»Hey, richtig … tja, noch eine Gemeinsamkeit«, sagte Roscoe lächelnd. »Ich bin direkt auf dem Grand Concourse aufgewachsen. Ist aber 'ne Weile her.« Dann sah er von Kat zu Harry und wirkte plötzlich besorgt. »Was haben Sie zwei jetzt vor? Den Zugführer rufen? Mich beim nächsten Halt verhaften lassen?«

Harry blickte zu Kat. Es widerstrebte ihm, diesen Jungen ins Gefängnis zu schicken. Und es war solch ein lächerlicher Streich gewesen. Außerdem war es das Letzte, was Harry brauchen konnte, morgen Vormittag auf irgendeiner Wache festzusitzen, um seine Aussage zu machen.

Kat zuckte mit den Schultern. Vermutlich wusste sie, was er dachte.

»Wissen Sie was, Roscoe?«, sagte sie. »Die Nacht ist noch jung. Wie wäre es, wenn wir Sie auf einen Schlummertrunk in die Bar einladen und Sie uns erzählen, wie ein netter Junge aus der Bronx dazu kommt, seinen Lebensunterhalt mit lausigen Betrügereien im Train Bleu zu verdienen?«

Gemeinsam machten sie kehrt und gingen zur Bar.

Auf dem Weg sagte Roscoe: »Die waren aber nicht alle lausig.« Nun grinste er wieder. »Ich erzähle Ihnen alles.«

»Oh, wir sind ganz Ohr!« Harry lächelte Kat an.

»Und auf der Hut«, ergänzte Kat, als Roscoe die Tür zum gut besetzten Barwagen öffnete. »Falls Sie auf die Idee kommen, den nächsten Trick an uns zu versuchen.«

3. Die Côte d'Azur!

Kat warf die Glasflügeltüren ihres Schlafzimmers im Hotel Negresco auf und atmete die herrlich salzige Meerluft ein, die sich mit dem Duft der Mimosen und des Hibiskus vermengte.

Sie trat hinaus auf den winzigen Balkon ihrer lachhaft teuren Suite und betrachtete das Panorama von Nizza – eine Aussicht, die sie schon seit Jahren einmal genießen wollte.

In der Morgensonne dehnte sich das silberne Meer, so weit das Auge reichte. Vier Stockwerke unter ihnen erstreckte sich die Promenade des Anglais – weißes Pflaster, Palmen, dahinschlendernde Touristen, offene Kutschen und luxuriöse Automobile – eine Meile in beide Richtungen.

Links und rechts leuchteten die weißen Stuckfassaden anderer Nobelhotels, die sich gegenseitig an Luxus und Prunk zu überbieten versuchten.

»Was meinst du? Ziemlich gut, oder?«, fragte Harry, der sich zu ihr gesellte.

»Oh ja!« Kat drehte sich zu ihm um und küsste ihn.

Sie gingen zurück in den kühlenden Schatten des Zimmers.

»Und jetzt verlässt du mich, um deinen Spion zu treffen«, sagte sie lächelnd.

»Tut mir leid, es muss sein. Nichts täte ich lieber, als den Tag mit dir in diesem sehr großen Bett zu verbringen … eventuell zwischendurch noch ein- oder zweimal schwimmen gehen.«

»Ja, das Gefühl kenne ich. So faszinierend der junge Roscoe auch war – er konnte wahrlich eine Menge vertragen. Ich bin erledigt.«

Harry und sie waren mit dem jungen Amerikaner aufgeblieben, bis der Barkeeper sie angefleht hatte, schließen zu dürfen. Und Kat spürte die Nachwirkungen noch deutlich.

»Ich müsste gegen vier zurück sein«, sagte Harry. Er zog sich sein Leinenjackett über und nahm den kleinen Koffer vom Schreibtisch. »Oh, und genieß deinen Einkaufsbummel.«

»Gefährliche Worte! Ich werde mein Bestes tun, dich zu überraschen.«

Er ging zu ihr und gab ihr noch einen Kuss.

»Ah … noch mehr Ansporn, schnellstens zurückzukommen. Übrigens habe ich für abends einen Tisch reserviert. Du siehst, auch ich bin gut für Überraschungen.«

Mit diesen Worten tippte er sich an seinen Hut und verschwand.

Kat wandte sich ihren Koffern zu, um richtig auszupacken.

Harry saß in einem kleinen Café in einer Seitengasse, bestellte sich einen *Café au Lait* und sah wie der typische Tourist aus.

Nur dass er hier und jetzt keiner war.

Wyndham Groves erschien pünktlich auf die Minute,

und Harry erkannte den großen, hageren Engländer in dem Moment, in dem er in die Gasse einbog.

Zehn Minuten lang tranken sie gemeinsam Kaffee und plauderten harmlos über Cricket und die Rosenzucht – während sie unauffällig auf Passanten achteten, die zu interessiert wirkten.

Dann machten sie sich auf den Weg zu Wyndhams Apartment.

Doch anstatt hineinzugehen, zeigte Wyndham auf einen kleinen Peugeot mit offenem Verdeck, der vor dem Haus parkte. Der Wagen war in einem sehr hübschen Himmelblau lackiert.

»Ich dachte, wir essen oben in den Bergen zu Mittag, alter Knabe«, sagte Wyndham und stieg auf den Fahrersitz. »Es ist Ihnen hoffentlich recht.«

»Hervorragend«, antwortete Harry und nahm auf dem Beifahrersitz Platz.

Eine Stunde später saßen sie in einer ruhigen Gartenecke eines winzigen Restaurants in Eze, von wo sie einen atemberaubenden Blick auf die Küste genießen konnten. Einzig ein Stapel Ordner zwischen ihnen auf dem Tisch verschandelte die Aussicht.

Auf einen ahnungslosen Beobachter mussten sie wie zwei Geschäftsleute wirken, die Zahlen durchgingen, stellte Harry sich vor. Mit der einzigen Abweichung, dass Groves ein Jahr lang in Tanger gelebt hatte und es sich bei diesen »Zahlen« um Kontaktdaten handelte, die sich als nützlich für die Regierung Ihrer Majestät erweisen könnten. Denn Experten sagten für Afrika konkurrierende globale Interessen und innere Unruhen voraus.

Harry war Wyndham zuvor nur wenige Male flüchtig begegnet, erwärmte sich während des Essens jedoch enorm für ihn. Er war ein Mann alter Schule und stand kurz vor der Pensionierung, hatte indes erstaunlich moderne Ansichten und war entzückt von Harrys – für manch andere Kollegen »unorthodoxer« – Heirat.

»Eine Amerikanerin, die für das State Department gearbeitet hat?«, fragte Wyndham. »Gut gemacht, würde ich sagen.«

»Sie müssen Sie kennenlernen. Ich meine, persönlich.«

»Überaus gern.«

Als die Arbeit erledigt und die Rechnung bezahlt war, fuhr Wyndham sie zurück nach Nizza – ein bisschen schnell auf den kurvenreichen Straßen, wie Harry fand.

Als sie wieder vor Wyndhams Apartment standen, reichte er Harry die Schlüssel für den Zweisitzer.

»Diese Woche brauche ich den Wagen nicht, alter Knabe«, sagte er. »Möchten Sie und Ihre Frau ihn nutzen? Er gehört ganz Ihnen! Ich bezweifle, dass Sie hier schneller als dreißig Meilen die Stunde fahren, aber ich kann Ihnen versichern, er flitzt sehr passabel durch die Gegend hier, wenn man jemanden verfolgen muss!«

»Kann ich mir denken.« Harry nickte lächelnd zu den Bergen oberhalb von Nizza. »Davon haben Sie mir gerade einiges gezeigt.«

»Ach ja, ich übertreibe es manchmal gern.«

»Aber vielen Dank für die Leihgabe! Ich werde gut auf den Wagen achten.« Harry nahm die Schlüssel von Wyndham entgegen.

»Genießen Sie es. Er kommt sehr gut mit Tempo *und* Kurven zurecht.«

Mit einem Nicken stieg Harry ein, ließ den Motor an und fuhr zurück zum Negresco.

Was für ein Spaß! Nur schade, dass ich die Möglichkeiten dieses Wagens vermutlich nicht ausreizen kann.

Das Concierge-Team parkte das Automobil, und Harry schritt durch die Eingangshalle des Hotels mit der Gewölbedecke und dem Marmorboden auf den Aufzug zu. Er freute sich auf einen ruhigen Abend mit Kat. Doch anscheinend sollte es dazu nicht kommen.

Als er die Suite betrat, konnte er Kat in der Dusche hören. Und auf dem Bett war ihr Abendkleid neben seinem Smoking ausgelegt.

Die Aussicht auf einen ruhigen Abend verpuffte vor seinen Augen. Er ging ins Bad und blickte hinter die beschlagene Duschwand.

»Gibt es eine Planänderung für heute Abend?«, fragte er.

»Ja, deine liebe Tante hat angerufen«, antwortete Kat, die sich umdrehte. »Sie hat uns für heute Abend zu einer Cocktailparty in Antibes eingeladen.«

»Oh! Was für ein Jammer!«, sagte er, hockte sich auf den Badewannenrand und streifte seine Schuhe und seine Socken ab. »Ich hatte mich ziemlich auf einen romantischen Abend zu zweit gefreut.«

»Sie hat gesagt, dass sie ein Nein nicht akzeptiert – natürlich lachend.«

»Ganz meine Tante.«

Er stand auf und begann sein Hemd aufzuknöpfen. »Ist da drinnen noch Platz für einen mehr? Ich sollte wirklich duschen.«

»Ja, sicher«, antwortete Kat.

»Und sie akzeptiert kein Nein? Interessante Formulierung. Hat sie dir verraten, warum?«

»Hat sie tatsächlich. Ein Freund von ihr steckt in Schwierigkeiten.«

»Und sie will, dass *wir* helfen?«

»Du kannst Gedanken lesen.« Kat reichte ihm die Seife.

»Es ist nur eines meiner vielen Talente«, sagte Harry und stieg in die Dusche.

Beim Anblick des Wagens schnappte Kat sich die Schlüssel. Zwar brauchte sie ein paar Minuten, sich mit dem Peugeot vertraut zu machen, doch bald schon brausten sie die Küstenstraße entlang in Richtung Antibes.

Mit dem Wind in den Haaren, dem blaugrünen Mittelmeer in der Nachmittagssonne zu ihrer Linken, den Wäldern und Bergen zur Rechten und dem schweren Duft von Pinien und Blumen in der Luft kam Kat sich vor wie ein Filmstar.

Eine Stunde später fuhren sie vorbei an den ockergelben Gebäuden von Antibes' Altstadt und weiter in ein weniger dicht besiedeltes Viertel, wo prächtige Villen standen, deren Gärten weich zum Meer hin abfielen.

Das Haus war leicht zu finden. Kat bog in einen Sandweg ein und schloss sich der Reihe anderer Automobile voller elegant gekleideter Partygäste an.

»Wenn wir uns die Diamanten von einigen dieser vornehmen Hälse pflücken würden, hätten wir vermutlich für den Rest unseres Lebens ausgesorgt«, konstatierte Harry.

»Beinahe bin ich froh, dass wir herbeordert wurden. Es sieht sagenhaft aus.«

Sie folgten den anderen Wagen eine geschwungene Einfahrt hinauf, vorbei an eindrucksvollen Springbrunnen und perfekt gestutztem Rasen zu einer lang gezogenen, niedrigen Villa. Alles war von flackernden Fackeln erhellt und sah ebenfalls wie eine Filmkulisse aus.

Aus dem Haus – oder vielleicht dem Garten dahinter – konnte Kat eine Jazzband und Stimmengemurmel hören.

»Deine Tante Lavinia bewegt sich fraglos in den richtigen Kreisen«, sagte Kat, als sie einparkte.

Beide stiegen aus dem kleinen Wagen.

»Und ich wette mit dir, dass die Cocktails hier außergewöhnlich sein werden.« Harry nahm ihren Arm und ging mit ihr hinter der Menge her die Stufen hinauf ins Haus.

»Oh, und siehst du den kleinen Mann da drüben am Springbrunnen, der von Frauen umringt ist?«, fragte Lavinia, als sie Kat vom Haus in den terrassierten Garten führte. »Pablo Picasso. Er verspricht mir schon ewig ein Gemälde, aber offen gesagt wüsste ich nicht, wo ich das in Mydworth Manor aufhängen sollte.«

Ein Kellner mit einem Tablett kam vorbei, und Kat nahm sich noch ein Glas pinken Champagner.

»All diese berühmten Leute, Lavinia – ist das nicht ein bisschen ermüdend?«

»Ganz und gar nicht, meine Liebe! Man behandelt sie einfach wie jeden anderen, das gefällt ihnen, ehrlich. Du solltest mal einige von ihnen beim Frühstück aus der Nähe sehen! Furchtbar. Wer am Abend vorher noch einer Lichtgestalt glich, wirkt am Morgen danach wie erloschen.«

Kat hatte eine Stunde damit verbracht, Lavinias »Mitbewohnern«, wie sie sie genannt hatte, vorgestellt zu werden. Als Harry ihr gesagt hatte, Lavinia würde die Saison mit einigen lieben alten Freunden verbringen, hatte sie sich etwas anderes vorgestellt.

Die »alten Freunde« erwiesen sich als das bekannte amerikanische Paar Gerald und Sara Murphy, und ihre außerordentlich schöne Unterkunft hieß »Villa America«.

Die Einladungen für die heutige Party waren an eine

Auswahl von namhaften Leuten rausgegangen, die sich an der Riviera aufhielten – und anscheinend hatte niemand von ihnen abgesagt.

»Oh, sieh nur, es gibt frische Kanapees. Ich muss unbedingt noch eine von diesen kleinen Pasteten haben, die sind göttlich«, sagte Lavinia. Lächelnd sah Kat ihr nach, als Harrys Tante zurück ins Haus rauschte.

Sie machte sich auf die Suche nach ihrem Gatten.

In dem Moment erklang eine englische Stimme neben ihr.

»Spielen Sie?«

Kat bemerkte einen kleinen Kartentisch in der Ecke der Terrasse, und es sah aus, als wäre eben eine Partie beendet worden. Ein Paar verließ den Tisch, und der Mann, der gesprochen hatte, stand auf, mischte Karten und lächelte ihr zu.

Groß, entspannt, dunkelhaarig, eleganter weißer Smoking und ein frecher Blick.

Die Sorte Blick, die Kat sehr gut kannte. Er kam stets auf einer Party zur Anwendung: bei der Suche nach unbegleiteten jungen Frauen.

»Ach, ich bin hier, um mich zu amüsieren, nicht, um Geld zu gewinnen«, antwortete Kat freundlich und ging weiter.

»Bleiben Sie, dann können Sie beides haben«, entgegnete der Mann, doch sie war bereits weitergegangen.

Nahe der improvisierten Gartenbühne blieb sie stehen, als die Jazzband ein neues Stück anstimmte, diesmal mit einer jungen Sängerin. In dem Augenblick, in dem sie zu singen begann, war Kat wie gebannt.

Die Frau mit dem kurzen dunklen Haar und den dunklen Augen war nicht nur schön, sondern hatte auch eine Stimme wie Samt: empfindsam, schnurrend, sinnlich.

»Simone Sorel«, sagte Lavinia, die mit einem Teller köstlicher Pastetchen und Harry im Schlepptau neben Kat erschien.

»Ich muss sagen, sie ist fantastisch«, stellte Harry fest und nahm Kats Arm.

»Ja, nicht wahr? Und sie ist ganz entzückend. Außerdem«, Lavinia senkte die Stimme, »ist sie der Grund, weshalb ich euch heute Abend eingeladen habe.«

»Nun, ich würde ihren Gesang selbstverständlich nicht versäumen wollen, aber es war eine recht weite Fahrt hierher.« Harry schwenkte sein Glas. »Nicht, dass ich mich beklagen möchte, aber …«

»Nein, singen hören kannst du sie jederzeit, Harry«, erwiderte Lavinia. »Sie tritt jeden Abend im Casino von Nizza auf. Der eigentliche Grund, warum ihr sie treffen solltet, ist ein ganz anderer.«

Kat entging nicht, dass Lavinia sehr ernst klang.

»Und der wäre?«, fragte Harry.

»Erpressung«, antwortete Lavinia. »Von der niederträchtigsten Art.«

Lavinia blickte sich um und sah zurück zu ihnen.

»Kommt mit«, sagte sie. »Die Murphys überlassen uns ein Zimmer, in dem wir ungestört sind. Simone wird sich später zu uns gesellen. Vorher muss ich euch noch mit jemand anderem bekannt machen.«

Kat sah Harry an, der mit den Schultern zuckte und zwei Gläser Champagner von einem nahen Tablett nahm. Dann folgten sie Lavinia ins Haus.

Kat fröstelte bei dem Wort, das in der Luft hing.

Erpressung.

4. Wahre Liebe

Harry ging mit Kat und Lavinia durch eine Flügeltür, die offensichtlich den öffentlichen vom privaten Bereich des Hauses trennte.

Nach einem behaglich wirkenden Wohnzimmer passierten sie einen stillen Flur und gelangten in ein kleines, dunkles Arbeitszimmer – die Fensterläden waren geschlossen –, in dem es eine Sitzgruppe aus Sesseln und einen niedrigen Couchtisch gab.

In einem der Sessel sah Harry einen beleibten Mann in den Fünfzigern sitzen. Er trug einen weißen Leinenanzug mit roter Fliege und passendem Einstecktuch.

»Percy«, sagte Lavinia, als der Mann aufstand, um ihnen die Hände zu schütteln, wobei er sich auf einen Gehstock stützte. »Mein Neffe Harry und seine Frau, Lady Mortimer.«

»Percy Porter«, stellte der Mann sich vor, und Harry fand sein Lächeln warmherzig, obwohl ein Hauch von Anspannung nicht zu übersehen war. »Nennen Sie mich bitte Percy.«

»Ich lasse euch drei dann allein«, sagte Lavinia und schloss leise die Tür hinter sich.

»Also, Percy«, begann Harry. Es war eine seltsame Situation.

Sie konnten nicht einfach direkt zur Sache kommen und ihn bitten, ihnen von der Erpressung zu erzählen.

»Sind Sie den ganzen Sommer über hier?«, fragte er stattdessen.

»Bin ich. Übrigens zum ersten Mal. Was für ein außergewöhnlicher Ort! Wundervoll! Ganz und gar nicht so, wie ich es erwartet hatte.«

»Und sind Sie … allein?« Harry wollte wissen, ob es eine Mrs Porter gab.

»Allein? Oh, stimmt, natürlich. Ja. Ich meine, nein. Vor ein paar Monaten bin ich aus Manchester hergekommen. Meine Frau – Lady Nantwich – wollte mir nachreisen, aber sie wurde, ähm, aufgehalten. Ich erwarte sie allerdings in ein paar Wochen, glaube ich. Ja, in zwei Wochen.«

Es war nicht zu übersehen, dass Percy Porter zutiefst verstört war.

Finden wir mal heraus, warum.

»Meine Tante sagt, Sie haben ein Problem, Percy?«

»Ein Problem. Ja, oh ja … das habe ich.«

Harry wartete, ob er es näher ausführte, doch der Mann starrte einfach nur blind vor sich hin.

Also fuhr Harry fort: »Sie glaubt, dass meine Frau Kat und ich Ihnen eventuell helfen können. Vielleicht sollte ich es erklären. Wir haben beide früher für unsere jeweiligen Regierungen im Ausland gearbeitet, man könnte sagen, in … kritischen Situationen.«

»Kritisch? Oh, ich verstehe … ja.«

»Jedenfalls«, sagte Harry so geduldig wie möglich, »seit wir nach England gezogen sind, haben wir einigen Freunden geholfen, die, ähm, in schwierigen Lagen waren.«

»Schwierige Lagen. Oh, das bin ich ohne Frage. In einer *sehr schwierigen* Lage.«

Kat beugte sich vor und schlug einen beruhigenden Tonfall an. »Percy, können Sie uns erklären, was genau diese ›Lage‹ ist?«, fragte sie. »Wir versprechen Ihnen, dass nichts, was Sie uns erzählen, diesen Raum verlässt.«

»Und auch wenn wir nicht zusichern können, Ihr Problem zu lösen«, ergänzte Harry, »werden wir unser Bestes tun, um Ihnen zu helfen.«

»Also, wie wäre es, wenn Sie uns erst mal erzählen, was passiert ist?«, fragte Kat.

»Was passiert ist?«, wiederholte Percy. »Ich habe mich in eine unangenehme Situation gebracht, *das* ist passiert. In eine richtig unangenehme! Was wir in England ›Pickle‹ nennen. Und die Ironie ist, dass es genau meine Branche ist – Pickles!«

Harry sah ihn verwirrt an.

»Percy's Pickles and Sauces!«, sagte Percy. »Sie haben doch gewiss von uns gehört? ›Die Lieblingssorte jeder Mum‹, heißt es in der Werbung.«

»Natürlich! Harry mag Ihre braune Soße zum Frühstück, Percy«, sagte Kat. »Aber ich schätze, er sieht nie auf das Etikett.«

»Oh ja, die ist eines unserer Spitzenprodukte, die braune Soße. Es liegt an der Molasse, müssen Sie wissen. Eine Geheimzutat. Sie nimmt dem Essig die Schärfe.« Dann schien ihm seine prekäre Lage wieder einzufallen. »Ähm, richtig, ja.« Seine Züge verdunkelten sich aufs Neue. »Die Angelegenheit.«

Harry sah, wie Percy in einen kleinen Koffer zu seinen Füßen griff und zwei braune Umschläge an sich nahm. Langsam öffnete er den ersten, zog ein Blatt heraus und reichte es Harry.

»Das hier ist vor zwei Wochen gekommen. Es wurde in meinem Hotel in Cannes abgegeben.«

Harry brauchte nur einen Blick auf die geklebten Buchstaben zu werfen, um ein klassisches Erpresserschreiben zu erkennen.

»Und die hier genannten Fotografien? Ich nehme doch an, dass sie zusammen mit dem Brief abgegeben wurden?«, fragte Harry und gab Kat das Blatt.

»Die habe ich sofort vernichtet«, sagte Percy. »Ich konnte es nicht ertragen, sie im Zimmer zu haben.«

»Zwanzigtausend Francs. Eine Menge Geld. Was haben Sie getan?«, fragte Kat.

»Bezahlt, wie verlangt.«

»Und dann?«, fragte Harry, der bereits ahnte, was kommen würde.

»Dann habe ich heute dies hier erhalten«, antwortete Percy, holte einen zweiten Brief hervor und reichte ihn Kat.

»Fünfzigtausend?«, sagte sie. »Und noch mehr Fotos?«

Harry sah Percy nicken.

»Und haben Sie bezahlt?«, fragte Harry.

»Noch nicht.«

»Gut«, sagte Kat, und Harry blickte zu ihr.

Das dürfte interessant werden, dachte er.

»Beginnen wir von vorn«, sagte Kat. »Wie wäre es, wenn Sie uns erzählen, wie alles angefangen hat?«

Sie holte ein kleines ledergebundenes Notizbuch und einen silbernen Stift aus ihrer Handtasche.

Cocktailparty hin oder her, dies ist eine Befragung, und da sind Notizen unerlässlich.

»Das Komische ist, dass es hier in diesem Haus anfing, noch dazu am Valentinstag«, erzählte Percy. »Wenn das keine raffinierte Zeitplanung ist, was?«

Und zum ersten Mal hörte Kat ihn lachen. Es klang

mehr wie ein sympathisches warmes Kichern. Gewinnend.

»Gleich da draußen auf dem Rasen«, sagte er und nickte zum Fenster, wo Kat die Springbrunnen und die Blumenbeete sehen konnte, die sich elegant bis hinunter zum Meer zogen.

»An genau der Stelle habe ich mich in die wunderbarste Frau der Welt verliebt.«

Und wie aufs Stichwort ging die Tür weit auf, und Kat erblickte Simone Sorel, die wunderbare Sängerin. Ihre Pose war dramatisch, als wäre sie im Begriff, eine Bühne zu betreten, vor der ihr Publikum schon gespannt auf sie wartete.

»Percy, *mon chéri*«, rief sie, schloss die Tür und lief zu ihm.

Sofort stand Percy auf, zog sie in seine Arme und schloss die Augen.

Kat sah zu Harry, der achselzuckend über diese hemmungslose Zuneigungsbekundung schmunzelte. Schließlich lösten die zwei sich wieder voneinander. Simone blickte zu Kat und Harry und rasch zurück zu Percy.

»Wissen Sie Bescheid? Über uns?«, fragte sie ihn.

»Ich nehme an, jetzt wissen sie es«, antwortete Percy lachend.

»Und helfen sie uns?«, fragte sie, als wären Kat und Harry nicht im Zimmer. »Sie *müssen!*«

Kat wurde ein wenig skeptisch. Und das Wort »müssen« hatte sie noch nie sonderlich gemocht.

»Helfen? Falls wir können«, sagte sie. »Fangen wir von vorn an, ja?«

Harry hörte zu, während Percy redete und sein Gesicht

aufblühte, als er sich an jedes für ihn so kostbare Detail ihres Kennenlernens erinnerte.

»Natürlich habe ich nicht nachgedacht. Ich meine, ein älterer Herr wie ich, der eine solch begabte junge Frau bittet, sich auf einen Drink an seinen Tisch zu setzen? Verrückt, ich weiß.«

Simone korrigierte ihn umgehend. »Aber du warst so oft im Casino! Nur um mich singen zu hören. Das war *trés charmant!*«

Harry entging nicht, dass Kat die Sängerin sehr aufmerksam beobachtete. Dachte sie dasselbe wie er?

Älterer Mann, jüngere Frau.

Wohlhabender älterer Mann. *Notleidende* jüngere Frau.

Nicht gerade ein neues Märchen.

Doch er musste zugeben, dass Simone recht ehrlich in ihrer Reaktion auf Percys Geschichte wirkte.

»Tja, es war alles wie ein Traum, zumindest für mich«, sagte Percy.

»*Moi aussi!*«

»Wir begannen, Zeit zusammen zu verbringen, sind spazieren gegangen, haben uns unterhalten, eingekauft – alles an der wundervollen Riviera!«

Hier stockte Percy kurz. Seine Augen glänzten. »Mein Leben hatte sich schlicht geändert.«

Simone strahlte ihn immer noch an. Dann sah sie, dass er sie musterte, und ihr Lächeln verblasste etwas.

»Es ist so, ich hatte ein schwieriges Leben. Allein Sängerin zu werden, hier *sur la Côte.* So schwer. Solch ein Kampf. Und dann kam dieser süße, freundliche Mann!« Sie ergriff Percys linke Hand und drückte sie. »Er versteht mich, *non?* Zum ersten Mal in meinem Leben fühle ich mich – wie heißt es noch? – *gewürdigt.* Auf eine Art gemocht, wie es mir noch nie passiert ist.«

Percy schloss mit den Worten: »Ich liebe sie. Ganz einfach.«

Harry war sich nicht sicher.

Wer weiß! Könnte sein. Liebe kommt ja in vielen Formen daher.

Leider hatte Percy der von ihm gewählte Weg in diese gefährliche und potenziell kostspielige Lage geführt.

Harry sah zu Kat, die zweifellos sehr viele Fragen stellen wollte.

Und das tat sie nun.

»Percy, Simone … vielen Dank, dass Sie uns all das erzählt haben. Es hilft uns, die Situation einzuschätzen.« Lächelnd sah sie zu Harry. »Wissen Sie, Sir Harry und ich haben erlebt, dass unsere Liebe von manchen als ein wenig, nun ja, schockierend angesehen wird.«

»Ach ja?«, fragte Harry grinsend. »Warum hat mir das nie jemand gesagt?«

Kat lächelte weiter, auch wenn dies kein unbeschwerter Moment war.

Aus Erfahrung wusste Harry, wenn Kat solche Dinge erzählte, war es ihre Art, andere zu entwaffnen, bevor sie sich auf die dunklen und verstörenden Punkte stürzte.

In diesem Fall auf die Erpressung.

»Warum erzählen Sie uns nicht von der ersten Nachricht? Der Geldübergabe? Und vielleicht, ob einer von Ihnen«, hier sah Kat Simone an, »einen Verdacht hat, wer so etwas tun würde?«

Percy schüttelte prompt den Kopf, und Simone tat es ihm gleich.

Wenn ihr Leben solch ein Kampf war, dachte Harry, solch eine harte Schule, dann würde die junge Frau auf der Hut sein.

»Nein«, sagte Percy.

Kat reagierte, indem sie gelassen ihr Notizbuch aufschlug und den Stift bereithielt. »Haben Sie nicht gezögert zu zahlen?«

»Oh nein. Ich hatte panische Angst.« Percy senkte die Stimme. »Ich meine, die Vorstellung, dass jemand Aufnahmen von uns macht? In solch intimen Momenten? Entsetzlich!«

Simone drückte seine Hand.

»Und wie wurde es arrangiert?«

»Nun, es kam noch eine Nachricht. Ich hob das Geld gleich morgens ab und ging zu der angegebenen Stelle. Es war ein abgelegenes Bistro in Cannes. Dort setzte ich mich an einen Tisch, bestellte einen Kaffee und stellte meinen Koffer wie angewiesen auf den Boden. Und nach wenigen Minuten ging ich.«

Harry wandte sich an Simone. »Sind Sie nicht mit Percy gegangen?«

»*Non*«, sagte sie mit einem Hauch von Enttäuschung. »Ich hatte ihn angefleht: ›Bitte, lass mich mitkommen. Dir darf nichts passieren!‹ Wer weiß schon, was solche Menschen ihm möglicherweise antun.«

Percy schniefte. »Das konnte ich nicht erlauben. Auf keinen Fall.«

Harry nickte, und Kat fuhr fort. »Und danach?«

»Ich dachte, das wäre es gewesen. Wir wären frei. Natürlich wusste ich, dass ich mein Privatleben ordnen musste … all das. Eine stille Scheidung, aber keinen Skandal. Ich wollte nicht vor den Vorstand von Percy's Pickles zitiert werden, um … mein Verhalten zu erklären.« Er wurde rot.

Kat nickte und ließ den peinlichen Moment verstreichen.

»Ich habe eine Frage«, sagte Harry und stand auf.

Dieser Schritt sollte entweder signalisieren, dass das Gespräch zu Ende war oder dass – wie Kat dachte – noch ein letzter Törn in unbekannte Gewässer anstand.

Vielleicht besser.

»Also hat keiner von Ihnen irgendeine Vermutung, wer diese Fotografien gemacht haben könnte? Oder warum diejenigen beschlossen haben, Sie zu erpressen?«

Percy wandte den Blick ab. Doch Simone …

Schüttelt sie wieder zu schnell den Kopf?

Dann räusperte sich Percy in seinem schicken Sommeranzug mit der perfekt sitzenden Fliege. »Das ist es ja gerade. Wie gesagt, ich kann es mir nicht erklären. Ich bin niemand, der sich Feinde gemacht hat, nicht mal, als die Firma wuchs. Und wer unsere wundervolle *Liaison* entdeckt und entschieden haben könnte, sie gegen mich zu verwenden … gegen uns …« Er schüttelte den Kopf. »Leider habe ich nicht die geringste Ahnung.«

Simone nickte und erhob sich ebenfalls. »Ich muss bald wieder auf die Bühne und mich noch vorbereiten.«

Kat richtete sich rasch auf. »Natürlich. Ich bewundere Ihren Gesang.«

»*Merci*«, sagte Simone mit einem zaghaften Lächeln, drückte abermals Percys Hand und verließ den Raum.

Percy hingegen blieb in dem luxuriösen Sessel mit dem dicken Brokatbezug und dem polierten Holz sitzen.

Harry ging zu ihm und legte eine Hand auf seine Schulter. »Sind wir fürs Erste fertig, Percy?«

Der Mann blickte flehend zu ihm auf. »Denken Sie, Sie können mir helfen? Irgendwie?«

Kat schritt hinüber. »Wir werden unser Möglichstes tun. Doch bei Erpressung sind wir keine Experten. Sie könnten die Polizei einschalten.«

Percy verneinte sofort. »Nein, dann wird alles publik! Können Sie … diskret sein?«

Hierauf musste Harry grinsen. »Können wir. Doch ich fürchte, wer immer das ist, diejenigen werden nur so lange still sein, wie sie glauben …«

»… dass sie mich am Haken haben?«

Harry nickte.

Percy blickte zu den Fenstern, die von dicken Vorhängen eingerahmt waren.

»Und was die nächste Übergabe betrifft, sie wollen das Geld morgen!«

»Vorerst tun Sie nichts, Percy«, sagte Kat. »Am besten wühlen Sie keinen Staub auf. Die Erpresser sollen denken, dass alles nach Plan verläuft.«

»Ja, und wir melden uns«, ergänzte Harry. »Gleich morgen früh, wenn Lady Mortimer und ich Zeit zum Planen hatten.«

Percy bejahte stumm, und Kat fragte sich, ob er erleichtert war. Oder bestätigten sie ihm lediglich seine schlimmsten Befürchtungen: dass ein Skandal nicht mehr zu verhindern war?

In diesem Augenblick ging die Tür auf, und Lavinia kam herein. Die Jazzband war zu hören – und dann Simone.

Sehr passend hatte sie das Stück gewählt: »Am I Blue?«

»Harry, Kat … die Murphys fragen nach euch. Dies ist immerhin ihre Party.«

Percy stand auf, eine Hand fest um den Silberknauf seines Gehstocks geschlungen.

Die Schande lastet schwer auf ihm, vermutete Kat.

»Wir sind hier auch erst mal fertig, Tante Lavinia«, antwortete Harry und klopfte Percy auf die Schulter.

»Versuchen Sie, den Abend zu genießen. Wir werden tun, was wir können.«

Kaum hörbar sagte Percy: »Vielen Dank«, und schlurfte aus dem Raum.

Als er weg war, hatte Lavinia eine Frage: »Könnt ihr denn etwas tun? Ich habe ihn im Laufe der letzten Wochen recht lieb gewonnen. Er ist solch ein Schatz.«

»Wir versuchen es«, antwortete Harry. Er nickte zu seiner Frau hin. »Kat und ich werden uns unterhalten müssen. Ich denke, sie hat in solchen Dingen etwas mehr Erfahrung als ich.«

»Erpressung«, sagte Lavinia. »Furchtbar.«

Dann drehte sie sich um und wollte hinausgehen zu den hellen Lichtern, den Kerzen und der Musik.

»Aber jetzt«, sagte sie über die Schulter, »denkt ihr nicht mehr an all das. Es ist eine fantastische Party! Die Murphys wissen, wie es geht. Ach, und es sind sogar andere Amerikaner hier.«

Kat musste schmunzeln, weil das Wort »Amerikaner« aus ihrem Mund klang, als handelte es sich um exotische Vögel.

»Jemand, den wir kennen?«, fragte Kat unschuldig.

»Oh, das denke ich schon. Ich warne euch aber, die sind beide schon ziemlich angetrunken. Wie üblich bei Scott und Zelda.«

Kat sah erstaunt zu Harry.

Die so berühmten wie berüchtigten Fitzgeralds?

Harry jedoch sagte nur: »Na dann, willkommen an der Côte d'Azur!«

5. Deux Boulevardiers

Kat fuhr zurück, weil sie ein oder zwei Gläser weniger getrunken hatte als ihr Mann. Die Nacht war ein wenig kühl geworden, und das Mittelmeer lag ruhig da, sodass der aufgehende Halbmond eine weiße Bahn malte, die vom steinigen Strand bis in die endlose Ferne reichte.

Ein magischer, traumgleicher Anblick, wie Kat ihn noch nirgends sonst auf der Welt gesehen hatte.

Und die Straße war leer. Lediglich weit hinter ihnen waren die Lichter eines anderen Wagens auszumachen.

Andere Partygäste, die ebenfalls die Küste entlang nach Hause fahren.

Und sie unterhielten sich – nicht bloß über das, was sie von Percy erfahren hatten – sondern über die fantastische Party.

»Ist dir klar«, fragte sie Harry, »dass der umwerfende junge Mann, mit dem wir am Ende gesprochen haben, ein Solotänzer vom Pariser Ballett war?«

»Wirklich? Stimmt, er sah ziemlich beweglich aus. Ich habe übrigens eine Frage.«

»Ja?«

»Dieser Künstler … Picasso? Was denkst du, warum Frauen ihn so verdammt attraktiv finden?«

»Attraktiv?«

»Ich meine, würdest du dich, hypothetisch gesprochen, zu ihm hingezogen fühlen?«

»Eindringlicher Blick, so viel steht fest. Und er ist einer von den Menschen, die einem im Gespräch das Gefühl geben, alles andere wäre für sie nicht mehr existent.«

»Ah, das sollte ich auch dringend lernen.«

Kat lachte. »Ich glaube, du schlägst dich ganz gut. Du hast auch mit mehreren Damen gesprochen.«

»Ja, natürlich. Es war schließlich eine Party.«

»Und was hältst du von den Murphys?«

»Interessant. Wohlhabende Ausländer, die es sich in ihrer Villa in Antibes gut gehen lassen. Eigentlich hatte ich nicht viel erwartet, aber der Mann ist sehr klug. Und er malt. In diesem Herbst hat er eine Ausstellung in Paris.«

»Und Mrs Murphy?«

Kat war bekannt, dass Sara Murphy gemeinhin als Schönheit galt.

»Ah, nun, objektiv betrachtet ...«

»Vorsichtig, Sir Harry!«

»... ist sie wirklich recht schön und – das sollte ich ergänzen – auch blitzgescheit. Ich mag sie beide und hoffe, wir sehen sie wieder.«

Kat nahm die große Kurve auf der Moyen Corniche. Der Wagen bewältigte diese Straßen exzellent. Die Alt- und die Neustadt von Nizza tauchten vor ihnen auf. Die Promenade war so erleuchtet, als fände dort am Wasser noch eine Party statt.

Die Kuppel des Negresco überragte die Szenerie.

Als sie von der Küstenstraße hinunter an den Stadtrand kamen, schaute Kat wieder in den Rückspiegel, aber der andere Wagen war verschwunden.

Kurz bevor sie das Hotel erreichten, wo jemand einen

sicheren Parkplatz für den Peugeot finden würde, drehte Harry sich zu ihr.

»Müde?«

»Gott, ja! Und du?«

»Und ob. Doch angesichts von Percys Lage wollte ich vorschlagen, dass wir noch einen Schlummertrunk nehmen und ein wenig reden? Draußen in der Brasserie des Hotels?«

Kat sah zum dunklen Meer mit der schimmernd weißen Halbmondspiegelung.

»Ja, das Bett kann warten.«

»Kann es … wenn auch hoffentlich nicht zu lange.«

Lächelnd drosselte Kat das Tempo des blauen Peugeot.

Kat beobachtete den jungen Kellner. In seinem weißen Jackett, der schwarzen Hose und passenden Krawatte sah er richtig frisch aus – als wäre es nicht spätabends.

Er legte zwei runde Untersetzer mit dem geschnörkelten »N« hin und stellte die Gläser exakt in die Mitte, als wäre es ein Test für Cocktailkellner.

Nach einem »Sonst noch etwas, *Monsieur, Madame?*« und Harrys freundlichem »*Non, merci*« ließ er sie an ihrem kleinen Tisch in der Ecke der Terrasse allein.

Sie saßen mit dem Rücken zum Hotel, wo die großen Glasflügeltüren hinter ihnen offen standen. In der Brasserie war fast niemand mehr zu sehen, und die Vorhänge blähten sich und schwankten in der kühlen Meeresbrise.

Kat sog die Aussicht in sich auf. Noch waren wenige späte Nachtbummler an den Tischen drinnen und draußen hier am Rande der Promenade des Anglais, doch sie hatte nicht das Gefühl, dass die sie belauschen würden.

Sie inspizierte den Cocktail, an dessen zartem Glasrand ein Stück Orange hing. Eine »Überraschung«, hatte Harry gesagt.

»Na gut, ich glaube nicht, dass ich erraten kann, was es ist.«

»Dachte ich mir, dass nicht einmal du mit deinen Jahren an Erfahrung ihn kennst.«

Kat lachte. »Erfahrung im Pints-Zapfen und Schnäpse-Ausschenken im Canadian Club.«

»Ach, der gute alte Canadian Club!«

»Für die meisten Kunden meines Dads reichte es vollkommen.« Sie nippte an dem Getränk. »Tja, ich schmecke Whisky. Nein, *Bourbon.* Und süßen Wermut? Dann noch … etwas anderes?«

»Nicht schlecht. Bourbon und Wermut sind richtig, und die geheime Zutat ist Amaretto.«

»Köstlich«, befand Kat nach einem weiteren Schluck. »Wie heißt er?«

»*Un Boulevardier.* Ich kenne sogar den Mann, der ihn erfunden hat. Er ist ein Landsmann von dir und lebt in Paris.«

»Gut gemacht, würde ich sagen.«

»Er benannte ihn nach einer kleinen Pariser Zeitschrift, die er herausgibt.«

Kat wiederholte das Wort. »*Boulevardier* … perfekt.«

»Ja, nicht?«

Erst jetzt schaute Kat wieder zum Meer. Der Mond stand inzwischen höher am Himmel und zauberte Plisseefalten auf die Wasseroberfläche, die wie Abertausende Juwelen schimmerten und funkelten.

»Ich bin so froh, dass wir hier sind, Harry.« Ihr fiel auf, dass Harry, der gleichfalls zum Meer sah, sehr still geworden war. »Sagtest du nicht, dass du schon früher im Negresco gewesen bist?«, fragte sie.

Er blickte zu ihr und nahm sein Glas hoch. Kat wartete. Erinnerungen und insgesamt die Vergangenheit waren nichts, worüber Harry gerne sprach.

»Das erste Mal war ich mit neun hier, zusammen mit meinen Eltern. In diesem wunderbaren Hotel. Mit dem Strand – *la plage* – und diesem blassblauen Wasser, in dem man tatsächlich schwimmen kann.«

»Und warst du auch artig in diesem Nobelhotel an der Côte?«

»Ich erinnere mich an … eine kleine Auseinandersetzung mit einem der Pagen. Ich rannte auf den Korridoren herum, rempelte Leute an – selbstverständlich unabsichtlich.« Er stockte kurz. »Es war fantastisch.«

Und dann sah er wieder zum Meer.

Natürlich hatte Harry vor vielen Jahren auch noch ein anderes dunkles Meer gesehen. Nur war das Wasser in jener Nacht grau und eiskalt gewesen – kein bisschen wie dieses hier.

Die letzte Nacht, in der er seine Eltern sah.

Es war eine Erinnerung, die Harry nur wenige Male angesprochen hatte, und Kat respektierte es, bedrängte ihn nie. Dennoch wusste sie, dass ihr Ehemann bei allem Humor und Abenteuersinn sehr viel finsterere »Gewässer« kannte als das vor ihnen.

»Ich habe nachgedacht«, sagte er. »Über den armen alten Percy.«

»Aha?«

»Offen gesagt bin ich mir nicht sicher, wie wir ihm helfen können.«

Kat nahm noch einen kleinen Schluck von ihrem Boulevardier, weil sie wollte, dass der köstliche Cocktail nicht zu schnell verschwand.

Dies könnte mein neues Lieblingsgetränk werden.

»Darüber habe ich auch nachgedacht«, sagte sie. »Wir hatten wenige Fälle in der Anwaltskanzlei. Zwar war ich da nicht persönlich beteiligt, aber ich kannte einige der Pinkerton-Leute, die damals eine Falle gestellt hatten.«

»Pinkerton? Die Detektei? Ich habe gehört, dass die nicht zimperlich sind.«

»Sind sie nicht. Also, ja, ich habe eine Idee, wie wir Percy vielleicht helfen können. Die ist allerdings nicht ganz risikofrei. Eventuell sogar gefährlich.«

»Hach, dieses Wort schon wieder! Anscheinend ist es Teil unseres gemeinsamen Lebens.«

Sie lächelte ihn an, und nun fiel ein wenig milchiges Mondlicht auf sein Gesicht. Nachdem sie sich vergewissert hatte, dass niemand an den anderen Tischen lauschte, neigte sie sich näher zu ihm.

»Also schön, hier ist meine Idee. Eigentlich ist sie ganz simpel.«

6. Wie man einen Schurken schnappt

Harry hörte aufmerksam zu, als Kat ihm ihren Plan darlegte.

»Gleich morgen früh rufen wir Percy an. Sobald er die Anweisungen für die Übergabe bekommt – wo und wann –, soll er alles vorbereiten.«

»Aber er packt keine echten Francs in den Koffer, oder?«

»*Au contraire*. Er soll sogar in der Banque Populaire reichlich Aufmerksamkeit auf sich lenken. Und dann, wenn er wieder im Hotel ist und Simone zu ihm kommt, soll sie das viele Bargeld sehen.«

»Ah, ich erahne, worauf das hinausläuft. Das Geld muss aus einer Vielzahl von Gründen echt sein.«

Sie lachte. »Du bist schnell! Jedenfalls sagt er uns Bescheid, wo die Übergabe stattfinden soll, und wir fahren vorher hin und legen uns auf die Lauer.«

Harry nickte. »Ich glaube, jetzt kommen wir zu dem ›gefährlichen‹ Teil.«

»Kann sein. Percy deponiert das Geld, und diejenigen, die ihn erpressen, kommen, holen es, und wir folgen ihnen. Falls sie Percy kennen, werden sie nicht mit Schwierigkeiten rechnen.«

»Sie gehen nicht davon aus, dass er sich Leuten wie uns anvertraut?«

»*Genau.* Also, wir verfolgen sie und stellen sie zur Rede oder sehen zumindest, wohin sie verschwinden.«

Wieder nickte Harry, doch etwas an dem Plan ging nicht auf.

»Warte mal. Wenn wir die Erpresser zur Rede stellen, haben sie immer noch die Fotografien. Sie könnten Percy nach wie vor bloßstellen … und ruinieren.«

»Ja, das Risiko bleibt. Doch in den Fällen, von denen ich weiß, haben die Erpresser lieber alles ausgehändigt und sind auf und davon, statt ins Gefängnis zu gehen.«

»Straffrei?«

»Richtig. Die Erpressten wollten einfach nur, dass es vorbei ist.«

Harry nahm den letzten Schluck von seinem Cocktail. »Und du vermutest, dass es hier dasselbe ist? Es ist ein Glücksspiel.«

Kat schaute wieder aufs Meer. Dort sah sie einen einsamen Fischkutter, dessen Mast und Rumpf ein wenig Mondlicht einfingen. Vielleicht wurden die Netze eingeholt.

»Ist es, ja. Aber ich denke, das sollten wir wagen.«

Harrys Glas war leer, in ihrem fand sich nur noch ein Tropfen.

»Tja, dann haben wir morgen anscheinend eine Menge vor«, sagte Harry. Er nickte zu den Hoteltüren mit den blitzblanken Messinggriffen und reichte ihr die Hand. »Wollen wir zu Bett gehen, brillante Partnerin?«

Kat stand auf.

Dieser Abend ist noch nicht ganz vorbei.

Am nächsten Morgen strahlte die Sonne an einem wolkenlosen Himmel. Und ein kleines Stück abseits der Rue de Verdun beobachtete Harry, wie Leute links und rechts an dem geparkten Peugeot vorbeigingen. In Cannes wimmelte es von Menschen.

Eigentlich hatte er geglaubt, einen diskreten Punkt gewählt zu haben, weg von der Übergabestelle. Doch jetzt war ihr Wagen umringt von Bummelnden – Leuten, die auf dem Markt fürs Abendessen einkauften, Arbeitern, die auf *un express* zu ihrem Lieblingscafé eilten, und Kindern, die in ordentlichen Zweierreihen durch die Straßen geführt wurden, als wären sie einem Bilderbuch entstiegen.

Als sie gleich morgens mit Percy in Cannes telefoniert hatten, hatte er die Anweisungen für die Übergabe bereits erhalten gehabt: ein getipptes Blatt, das ihm mitten in der Nacht unter der Hotelzimmertür durchgeschoben worden war.

Die Botschaft bestand aus dem Namen eines Cafés, *Le Cochon Qui Fume,* der Tischnummer (vier) und der Zeit – elf Uhr. Der Befehl war, dass er das Geld in einem kleinen Koffer dort stehen ließ und ging.

Zunächst hatte Percy sich energisch gegen Kats Plan ausgesprochen, echtes Geld zu übergeben.

All das Bargeld, der Gang zur Bank – und es einfach in dem Café abstellen? Er hatte gefragt, ob es nicht ein paar Papierfetzen täten.

Harry musste ihm erklären, dass es eben genau so nicht sein dürfe. Er konnte Simone im Hintergrund hören.

Erst da hatte Percy letztlich zugestimmt, den Anweisungen zu folgen, als wäre es keine Falle.

Er war zur Banque Populaire gegangen, von dort zurück zum Hotel, hatte das Geld in einen anderen Koffer umgepackt und dann, was wahrscheinlich schrecklich für ihn gewesen war, im Hotelzimmer bis zur verabredeten Zeit ausgeharrt.

Harry blickte auf seine Uhr.

»Fast elf«, sagte er zu Kat. »Was sagt deine Erfahrung? Sind Erpresser pünktlich?«

Sie lachte. »Ich hatte dich gewarnt. Mit meinen Erfahrungen ist es nicht weit her. Percy kennt die Abmachung. Hoffen wir einfach, dass er sich an den Plan hält.«

Harry blickte nach vorn und fragte sich, ob er vielleicht den Wagen bewegen sollte, der in dem morgendlichen Trubel deplatziert wirkte.

Kat und er konzentrierten sich auf die Außentische des kleinen Bistros. Auf einem der Tische am Rand stand ein blankes kleines Metallobjekt.

Wahrscheinlich ein »Reservé»-Schild.

Vermutlich war der Bistrobesitzer irgendwie involviert, hatte einige Francs zugesteckt bekommen, um jenen Tisch frei zu halten.

»Komm schon, Percy«, murmelte Kat.

Harry nahm an, dass seine Frau sich, weil es ihr Plan war, für das Gelingen desselben verantwortlich fühlte.

Dann sahen sie Percy auf das Café zugehen, langsamer als die Passanten um ihn herum und mit seinem Stock in einer Hand.

»Los geht's«, sagte Harry.

Natürlich trug Percy einen Anzug, weißer Seersucker mit blauen Streifen, und ein weißes Hemd mit blauer Fliege. Die breite Krempe seines Panamahutes machte es unmöglich zu erkennen, ob sich Angst in seinem Blick spiegelte. Fest stand, dass er in dieser Gegend ziemlich auffiel.

Wären das meine fünfzigtausend Francs in dem Koffer, würde ich mir verdammt große Sorgen machen, dachte Harry.

»Gut«, sagte Kat. »Er sieht den Tisch. Setzt sich hin.«

Harry ließ Percy nicht aus den Augen, der auf dem roten Metallstuhl hockte, als wäre er beim ersten Anzeichen von irgendwelchen Problemen fluchtbereit.

Ein Kellner in klassischer Schürze und mit dem passenden Schnauzbart erschien. Percy sagte etwas, und der Kellner verschwand.

»So weit, so gut«, sagte Harry.

Einen Moment später kehrte der Kellner mit *un express* auf seinem Tablett zurück, daneben eine kleine Keramikschale, in der Zuckerwürfel wie kleine Schneeklötze aufgestapelt worden waren.

Percy rührte den Kaffee nicht an, griff aber in seine Tasche und legte einige Münzen auf den Tisch.

Harry nahm an, dass Percy diese ganze Situation enorm verunsicherte.

Dann war der Augenblick da …

Percy stand auf. Es war schwer zu erkennen, doch anscheinend war der Koffer dicht an die Seitenmauer des Cafés gelehnt.

Percy zog sich seinen Hut tiefer in die Stirn, als wollte er sein Gesicht beschatten; dabei war er in dieser Szene nicht der Bösewicht. Dann ging er durch die Gasse zurück in Richtung der prächtigen Alleen und der Promenade.

Seine Anweisung hatte sehr klar gelautet: *Sehen Sie sich nicht um, egal was geschieht.*

Und er hielt sich daran.

Mehrere schreckliche Momente lang blieb der Tisch leer, der Koffer halb von der Platte verdeckt, und Harry und Kat warteten.

»Augenblick mal«, sagte Kat und beugte sich vor. »Siehst du den Kerl bei dem Tabac?«

Harry schaute die Gasse hinauf zu dem Zeitungs- und Zigarettenladen. Dort stand ein Mann. Er war klein und untersetzt, trug eine enge Hose, eine Jacke und eine Lederkappe sowie eine Motorradbrille auf dem Kopf. Falls er nicht aufzufallen versuchte, stellte er es denkbar schlecht an.

»Offenbar ein …«

Ehe Kat den Satz beenden konnte, eilte der Mann wie von der Tarantel gestochen los über die Straße. Sein Ziel war eindeutig.

Das Bistro. Der Tisch.

»Ich glaube, hier haben wir unseren ›Abholer‹«, sagte Harry.

Er ließ den Motor an. Die nächsten Minuten waren entscheidend für den Plan.

Der Mann fädelte sich geschwind durch das Meer von Leuten, wobei die Sonne seine Lederkappe schimmern ließ. Er erreichte die andere Seite der Gasse und trat nahe an den Tisch heran.

Dann bückte er sich blitzschnell nach unten, schnappte sich den Koffer und machte sich auf den Rückweg.

»Jetzt wird es interessant«, sagte Harry.

»Als wäre es das bisher nicht gewesen.«

Harry blieb mit laufendem Motor stehen, als der Mann zurück zum Tabac kam und von dort in eine andere Seitengasse bog.

»Na gut – los geht's!«

Harry lenkte den Wagen in die Straßenmitte, doch angesichts der vielen Fußgänger konnte er nur im Kriechtempo fahren.

»Kommt schon, kommt schon«, murmelte er, weil die Leute nicht auswichen. Mit jeder Sekunde wurde der

Abstand zwischen ihnen und dem Mann, der nun außer Sicht war, größer.

Langsam näherte Harry sich der Ecke mit dem Tabac, und als die Fahrbahn endlich freier wurde, konnte er den zweiten Gang einlegen.

Von der Ecke aus sahen sie ihn, den Mann, der gerade auf ein Motorrad sprang.

»Oh-oh«, sagte Harry, der die Maschine erkannte. »Eine Gnome Rhône.«

Er gab Gas, und der Mann bemerkte sie, trat beinahe lässig den Fußhebel, schwenkte nach links und brauste die Gasse hinunter.

Bald wechselte Harry vom zweiten Gang in den dritten. Diese rasante Fahrt durch die engen Straßen war nicht ungefährlich, doch er fixierte weiter den Motorradfahrer.

»Das sieht nach einer Verfolgungsjagd aus.«

7. Die Vorzüge eines Tourenmotorrads

Kat beobachtete, wie Harry dem Mann durch das Labyrinth der Seitenstraßen von Cannes dicht auf den Fersen blieb. Beide Hände hatte er am Lenkrad, außer wenn er den Gang wechselte.

»Gnome Rhône?«, fragte sie.

»Ja, eine französische Marke. Ein Tourenmotorrad. Schnell, wie du selbst siehst. Fährt sich wunderbar. Ich hatte einmal in Marokko das Vergnügen.«

Er holte tief Luft, als das Motorrad scharf nach rechts um eine Kurve bog.

»Es wird hart, mit ihm mitzuhalten«, sagte er.

»Aber auf freier Straße ist dieser Wagen doch sicher viel schneller?«

Sie sah Harry grinsen. »Schon, doch im Moment ist er uns überlegen.«

Wieder bog das Motorrad ab, diesmal nach links, über Kopfsteinpflaster, das noch nass war, weil ein Mann mit einem Besen Seifenwasser darauf verteilte, dessen Schaumblasen sich in den Fugen der alten Steine sammelten.

Kurzzeitig dachte Kat, der Motorradfahrer würde auf den glitschigen Steinen ausrutschen. Und tatsächlich schlitterte die Maschine ein wenig, kam aber nicht zu Fall.

Der Wagen schaffte die Biegung bestens, auch wenn Harry rauf- und runterschalten musste, um dem Mann auf den Fersen zu bleiben.

»Ich hoffe, wir schnappen ihn«, sagte Harry. »Denn ich freue mich schon darauf, mit dem Burschen zu plaudern.«

Wieder bog das Motorrad ab, und nun tauchte nur Meter vor ihnen eine alte Frau auf, die einen Esel vor einem winzigen Karren voller Obst führte.

»Harry!«, sagte Kat instinktiv, als Harry auf die Bremse trat und nur einen Meter vor der Frau zum Stehen kam. Ihr mürrischer Blick glich dem ihres schläfrigen Esels.

»Ach, mach schon!«, sagte Harry.

Weiter vorn konnte Kat den Motorradfahrer sehen, der ein freies, gerades Stück Straße erreicht hatte und an Vorsprung gewann.

Und mit einem Koffer mit fünfzigtausend Francs zu entkommen drohte.

Was alle möglichen Probleme nach sich zöge.

Harry rollte das Seitenfenster herunter, und obwohl er verärgert war, lächelte er und sagte erstaunlich höflich: »*Madame, s'il vous plaît? Moi, ma femme, nous …*«

Die Frau winkte verächtlich ab, als bräuchte sie keine Ausrede zu hören, während sie den widerspenstigen Esel zur Seite führte, bis eben genug Platz war, den Peugeot vorbeizulassen.

»Merci!«, rief Harry und trat aufs Gas. Der Motorradfahrer war mittlerweile nur noch ein Punkt in der Ferne.

Der Wagen wurde schneller, sodass Kat jeden Hubbel auf dem uralten Kopfsteinpflaster fühlte.

»Harry, ist das nicht ein bisschen gewagt?«

Er nickte. »Ich fürchte, wir haben keine Wahl.«

Und tatsächlich stellte Kat fest, dass sie aufholten, da sie nun auf gerader Strecke waren und Harry Vollgas geben konnte.

Bis … das Motorrad langsamer wurde, fast anhielt und wieder abbog. Und nicht in einem halsbrecherischen Winkel …

Nein, es geschah vorsichtiger.

Was ist jetzt los?

Innerhalb von Sekunden erreichten sie die Stelle hinter der Biegung und fanden sich vor einer Gasse wieder, die vielleicht anderthalb Meter breit war. Zu schmal für den Wagen, aber ausreichend für die Gnome Rhône – die keine fünfzehn Meter weiter vorn angehalten hatte. Der Motor lief, und der Fahrer drehte sich zu ihnen um.

»Was hat er vor?«, fragte Kat.

Dann sah sie, dass der Fahrer in seine Jackentasche griff und eine Waffe zog, die er direkt auf sie richtete.

Plötzlich ging alles sehr schnell. Harry legte den Rückwärtsgang ein, und beide duckten sich auf ihren Sitzen. Dann krachte ein Schuss, und eine Kugel pfiff über ihre Köpfe hinweg.

Danach war zunächst nur das Motorgeräusch des Peugeots zu hören, ehe Kat das tiefe Röhren des Motorrads vernahm und ahnte, dass der Mann das Weite suchte, die Gasse hinauf.

Sie sah zu Harry. »Alles in Ordnung?«

»Bestens«, sagte er. »Und bei dir?«

»Das war ein Warnschuss«, antwortete sie. »Nur mies gezielt.«

»Und wie!«

Sie zeigte zur Gasse, und beide stiegen aus dem Wagen, um sie zu Fuß abzuschreiten. In der Ferne verschwand das Motorrad.

»Können wir da hinkommen, wo das Sträßchen endet?«, fragte sie. »Und ihn dort abfangen?«

»Ich kann es natürlich versuchen. Aber ich denke, solange wir nicht mehr Feuerkraft haben, ist Rückzug die bessere Wahl.«

Kat blickte durch die leere Gasse, die ihre Verfolgungsjagd beendet hatte.

»Er ist davongekommen.«

»Ist er.«

»Mit dem ganzen Geld.«

»Ja.«

»Wie sollen wir das Percy erklären?«

Hierauf hatte ihr Mann keine Antwort.

Harry bot an, Percy anzurufen, doch Kat fand, da es *ihr* Plan gewesen war, musste auch sie diejenige sein, die die schlechten Neuigkeiten überbrachte.

Sie waren direkt zum Negresco zurückgefahren und saßen nun am Schreibtisch in ihrem Zimmer. Wo Harry sich nahe zu ihr beugte, um mitzuhören.

Am anderen Ende jammerte und klagte der nette Mann, der glaubte, die Liebe seines Lebens gefunden zu haben, und Kat wurde bewusst, dass sie die grausame Wahrheit nicht hübsch verpacken könnte.

Das Geld war weg. Und der schreckliche Skandal drohte nach wie vor.

»Ähm, Percy, könnten Sie sich heute wie immer verhalten? Spazieren gehen? Wie üblich zu Mittag essen?«

Sie stockte, um ihrem Mann einen »Das läuft gar nicht gut«-Blick zuzuwerfen.

»Sir Harry und ich werden noch mal gemeinsam überlegen. Wenigstens wissen wir jetzt, wie das Lösegeld abgeholt wird, kennen das Fluchtfahrzeug und …

Was? Nein, da war kein Nummernschild. Der Mann muss es verhängt haben.«

Noch ein Blick zu Harry.

Dann dachte sie an etwas, das sie gleich nach dem Telefonat mit ihm besprechen musste.

Doch fürs Erste …

»Ist Simone bei Ihnen? Ah, gut. Ähm, was hat sie vor?«

Kat lauschte, wie Percy ihr erklärte, dass Simone zurück zu ihrem Hotel fahren wollte, um für ihren Auftritt abends zu proben.

»Sehr gut. Wir lassen Sie nicht im Stich, Percy.« Und weil sie glaubte, dass sie es sagen musste, ergänzte Kat: »Es tut uns so leid.«

Worauf Percy vor dem Auflegen nur sehr matt und hoffnungslos mit »Ja« antwortete.

Unter dem Baldachin des Negresco-Bistros am Strand bestellte Kat eine Stunde später einen Zitronensaft und einen Croque-Monsieur, obwohl sie keinen Hunger hatte. Harry wählte *une bière* und ein *Oeuf mayonnaise.*

Schließlich war Mittagszeit in Nizza.

»Du bist sehr still«, sagte sie.

»Ich kann nicht aufhören, mir Vorwürfe zu machen, weil ich von dem verdammten Motorrad abgehängt wurde.«

»Wir hätten unmöglich ahnen können, dass er in solch einer engen Gasse verschwindet.«

»Und diese Esel-Frau war auch keine große Hilfe.«

Kat musste grinsen, obwohl ihr angesichts der Umstände alles andere als fröhlich zumute war.

»Und, wie du Percy gesagt hast: Wir haben ohne Nummernschild keine Möglichkeit, das Motorrad aufzuspüren.«

»Was bedeutet, dass wir etwas anderes brauchen. Irgendwelche Ideen?«

»Damit kann ich nicht dienen, nicht auf Anhieb«, antwortete Harry.

Der Kellner kam mit einem Silbertablett herbeigeeilt, auf dem ihre Bestellungen thronten, servierte alles und huschte wieder zurück gen Küche.

Kat blickte hinab auf ihren Croque, perfekt gebräunt und mit blubberndem geschmolzenem Käse auf dem Schinken.

Warum machen sie das in den Staaten nicht?

»Harry, dieser Motorradfahrer hat *gewusst,* dass er beobachtet wurde.«

Harry spießte mit der Gabel ein Stück hart gekochtes Ei mit Mayonnaise auf.

»Stimmt. Es war nicht nur die Abholung geplant. Sie hatten wohl auch den Fluchtweg über die Gasse schon vorgesehen.«

»Und er war bewaffnet. Denkst du, er hat uns für die Polizei gehalten?«

»Weiß ich nicht. Aber ich glaube es nicht. Obwohl er sicher auch nach der Ausschau gehalten hat. Aber, ja, ich glaube, du hast recht, Kat. Er hat gewusst, dass jemand da sein und alles beobachten könnte.«

Sie schnitt ein Stück von ihrem Croque ab. Der Gruyère war angenehm scharf, der Schinken salzig. *Perfekt.*

»Wir wissen beide, dass nur eine einzige Person außer Percy wusste, was passieren würde.«

Harry trank einen Schluck von seinem Bier.

»Simone«, sagte er.

»Richtig. Der Klassiker, oder? Älterer Mann, aufstrebende Künstlerin. Geld und Erpressung.«

»Scheint zu passen. Und was jetzt?«

»Ich denke, wir sollten mehr über unsere Sängerin in Erfahrung bringen«, antwortete Kat.

»Es dürfte nicht schwer sein zu ergründen, wo sie wohnt. Wollen wir in ihrem Hotel vorbeischauen und uns mit ihr unterhalten?«

»Gute Idee«, sagte Kat. »Aber vielleicht wäre es noch besser, wenn wir heute Abend zu ihrem Auftritt gingen. Mal sehen, mit wem sie da so verkehrt, einige Fragen stellen, die Fühler ausstrecken?«

»Wissen wir, wo sie heute singt?«

»Hat deine Tante nicht gesagt, dass sie regelmäßig im Casino auftritt?«

»Stimmt. Fahren wir hin. Ist ein guter Vorwand, mal wieder den alten Smoking überzuwerfen.«

»Geschäft und Vergnügen sind allzeit eine ideale Verquickung«, sagte Kat.

»Du sagst es!«

»Wie wäre es, wenn wir Simone folgen und mal nachschauen, wohin sie geht?«

»*Cherchez la femme*, was?«, fragte Harry lachend.

»Richtig«, sagte Kat. »Und wenn sie mit drinsteckt, wird sie uns früher oder später zu dem Mann auf der Dingsda führen, auf der Gno…«

Wieder lachte Harry. »Gnome Rhône. Und frag mich nicht, warum die so heißt!«

Kat schnitt sich noch einen Happen von ihrem Sandwich ab, aß ihn und tupfte sich die Lippen mit ihrer Serviette sauber.

»Und heute Nachmittag?«, fragte sie.

»Wie wäre es, wenn wir nach Cannes fahren und uns richtig mit Percy unterhalten? Diesmal allein.«

»Gute Idee. Vielleicht erfahren wir mehr darüber, wie er und Simone zusammengekommen sind. Besonders, wer wen *gefunden* hat?«

»Vergessen wir nicht, dass wir noch eine Spur haben.«

»Das Café?«, fragte Kat, die sich an die Anweisungen der Erpresser erinnerte.

»Genau. Jemand muss dem Kellner ein paar Francs zugesteckt haben, damit er den Tisch für Percy frei gehalten hat – und für die Übergabe.«

»Na gut, was hältst du davon, wenn wir uns aufteilen? Du übernimmst den Kellner, und ich lade Percy zum Tee ein?«

»Abgemacht. Ich denke, ich fahre vorher bei Wyndham vorbei und frage ihn, ob er mitkommt – mein Schulfranzösisch allein dürfte nicht ausreichen.«

»Kein schlechter Plan«, sagte Kat. »Ich habe auch über das nachgedacht, was du vorhin über Feuerkraft gesagt hast. Meinst du, Wyndham könnte uns in dieser Hinsicht aushelfen?«

»Ha, ganz sicher! Das Übliche für dich?«

»Ja, Colt Automatik – falls er einen auftreiben kann.«

»An dieser Küste? In Windeseile, würde ich sagen.«

»Sehr schön … Und du?«

»Ach, für mich tut es ein guter alter Revolver, und ich könnte mir vorstellen, dass er den auf Lager hat und mir leihen kann.«

Kat musste lachen. Es dürfte nicht viele Paare geben, bei denen ein Partner die Waffenvorlieben des anderen kannte.

»Na, dann sind wir hier wohl fertig«, sagte sie, trank ihre Zitronenlimonade aus und legte ihre Serviette auf den Tisch. »Bereit?«

»Bereit«, bestätigte Harry, leerte sein Bierglas und stand auf.

Kat wartete, während er ein paar Geldscheine unter den Teller schob. Dann hakte sie sich bei ihm ein, und gemeinsam wanderten sie im Sonnenschein zurück den Holzsteg hinauf zur Promenade.

Für andere Passanten sahen sie wie ein durchschnittliches Paar aus, das einen nachmittäglichen Bummel vor sich hatte.

Wenn die wüssten, dachte Kat lächelnd.

8. Ein Überraschungsgast

Harry öffnete die Tür zu dem kleinen Café, *Le Cochon Qui Fume,* und hielt sie Wyndham auf.

Drinnen war es dämmrig und roch nach Wein, Kaffee und abgestandenem Zigarettenrauch. In einer Ecke saßen ein paar Leute, bei denen es sich um Stammkunden handeln musste. Sie spielten Karten und hatten eine Flasche Ricard und einen Wasserkrug zwischen sich auf dem Tisch stehen.

Aus dem kleinen Radio hinter der Bar tönte eine blecherne Ballade, was, wie Harry fand, irgendwie zu diesem trüben Ambiente passte.

Ansonsten war das Café leer, abgesehen von einem alten Barkeeper, der träge Gläser polierte und dessen Zigarette im Mundwinkel jeden Moment Asche zu verlieren drohte.

Keine Spur des schnauzbärtigen Kellners.

Harry zeigte auf einige Hocker an der Bar. Wyndham nickte, setzte sich neben Harry und bestellte in fließendem Französisch zwei Tassen Kaffee.

Harry sagte nichts. Dies hier war viel eher Wyndhams Domäne.

Ein Segen, ihn dabeizuhaben.

Wenige Minuten später schob ihnen der Barkeeper

den Kaffee über den Tresen. Harry hörte zu, als Wyndham ein Gespräch mit ihm anfing. Harrys Französisch war eingerostet, reichte aber aus, um zu verstehen, worum es ging.

Wie sich herausstellte, war der Barkeeper der Besitzer. Und der Kellner mit dem Schnauzbart? Er hieß Jean-Marc und war im Lager, um Kisten zu sortieren.

Man könne heute nicht mit ihm sprechen. Er habe viel zu viel zu tun und dürfe nicht gestört werden.

Harry sah den Barbesitzer lächelnd mit den Schultern zucken. Diese Geste kannte er von unzähligen Verhandlungen in Bars und Seitengassen auf der ganzen Welt. Er blickte zu Wyndham, bevor er in seine Brieftasche griff und einen knisternden Fünfzig-Francs-Schein herausnahm, den er auf die Bar legte.

»*Bien sûr. Peut-être* … hilft das hier?«, fragte Harry.

Der Mann rieb sich das Kinn. Harry zückte noch einen Schein.

»Ah, ich glaube, ich höre Jean-Marc gerade«, antwortete der Besitzer plötzlich in flüssigem Englisch, nahm die Scheine von der Bar und steckte sie in die Brusttasche seiner Weste. »Er muss fertig sein. Ich sage ihm, dass er *Besuch* hat.«

Als er nach hinten verschwand, sah Harry grinsend zu Wyndham.

»Falls das hier eben typisch war, ist es eine teure Stadt«, sagte Harry, während sie ihre Barhocker verließen und dem Besitzer ins Lager folgten.

Kat saß auf einer antiken Chaiselongue im Salon des Carlton in Cannes, trank einen exquisiten Pfefferminztee und blickte sich um.

Sie sah hinüber zur Rezeption. Dort hatte sie darum gebeten, dass man auf Percys Zimmer anrief und ihn bat, sie hier unten zu treffen. Inzwischen wartete sie schon fast eine halbe Stunde.

Im Hotel war eindeutig eine Menge los – erklärte das vielleicht die Verzögerung? Sie wollte einen Pagen fragen, als sie eine Frauenstimme hinter sich vernahm.

»Lady Mortimer?«

Kat drehte sich um und erblickte eine elegant gekleidete Frau, die dastand und sie betrachtete, eine Tasche über dem Arm und einen Seidensonnenschirm in einer Hand.

Kat erhob sich.

»Ja«, antwortete sie überrascht.

Lächelnd reichte die Frau ihr die Hand. »Lady Alice Nantwich. Sie kennen meinen Ehemann, Percy.«

Eine Sekunde lang war Kat verwirrt – dann fiel es ihr wieder ein.

Dies ist Percys Frau, die erst in zwei Wochen herkommen sollte!

»Äh, ja, stimmt«, sagte sie. »Ich glaube, ich hatte das Vergnügen, Mr Porter kennenzulernen …«

»Ich bitte Sie.« Die Frau setzte sich zu Kat. »Es ist unnötig, dass wir uns etwas vormachen.« Achselzuckend lächelte sie Kat zu. »Ich weiß alles. Oder zumindest so viel, wie ich wissen muss – oder möchte.«

»Ich bin nicht ganz sicher, ob ich Sie verstehe.« Kat wollte nichts preisgeben, denn dies hier könnte eine heikle Situation sein.

Dann lachte Lady Nantwich.

»Keine Sorge, meine Liebe!« Sie schaute sich in dem Salon um. »Wo ist der Kellner? Bevor wir zum Thema kommen, brauche ich unbedingt eine Tasse Tee. Und dann werden wir uns nett unterhalten.«

Kat beobachtete, wie Lady Nantwich einem Kellner winkte, bestellte und sich in dem brokatbezogenen Sessel zurücklehnte, die Hände auf dem Schoß gefaltet und geduldig lächelnd.

Dies hier wird ausgesprochen interessant.

Harry und Wyndham hockten auf Bierkästen in dem engen Lagerraum des Cafés. Das einzige Licht kam durch ein gesprungenes, schmutziges Fenster über den Regalen, das zu einem dunklen Hinterhof führte.

Ihnen gegenüber an der Wand lehnte der Kellner, Jean-Marc. Harry sah dem Mann an, dass er nervös war. Ein Schweißfilm glänzte auf seiner Stirn, immer wieder wischte er sich die Hände an seiner fleckigen Schürze ab, und er sah häufig zur halb offenen Tür ins Café.

Er weiß, dass etwas »los« ist.

Zunächst hatte der Kellner – der behauptet hatte, ausschließlich Französisch zu sprechen – geleugnet, am Vortag gearbeitet zu haben. Dann hatte er seine Geschichte geändert und gemeint, er sei im Café gewesen, erinnere sich aber nicht an den gut gekleideten Engländer an Tisch vier. Danach war er erneut umgeschwenkt, hatte bestätigt, dass er ihn bedient habe, jedoch nichts von einer Tischreservierung wisse.

Und mit jedem Versionswechsel war ihm zunehmend der Schweiß ausgebrochen.

Nun weigerte er sich, weitere Fragen zu beantworten.

Harry sah Wyndham an.

Zeit für eine neue Strategie. Oder vielmehr für eine alte Taktik, die selten versagt.

»Das bringt alles nichts«, sagte Harry, als wäre Jean-Marc gar nicht im Raum.

»Stimmt«, pflichtete Wyndham ihm bei.

»Glauben Sie, ein paar Hundert Francs machen ihn gesprächiger?«

»Kann sein. Falls nicht, sollte es eine Nacht in einer

Zelle tun. Wir haben genug gegen ihn in der Hand, um ihn der Gendarmerie zu übergeben.«

»Wohl wahr. Ist er aber erst mal in dem System, könnte er monatelang einsitzen. Nicht mal seine Familie dürfte zu ihm – und wir vermutlich auch nicht.«

»Ah, richtig. Die Mühlen der Justiz! Aber wir haben keine andere Wahl, Harry«, spielte Wyndham mit. »Kommen Sie. Rufen wir die Polizei vom Telefon in der Bar aus an. Die werden bald hier sein, um unseren Freund abzuholen, und wir können den Zug zurück nach Nizza nehmen.«

Harry nickte, stand auf, schob seinen Bierkasten zur Seite und tat so, als wollte er gehen. Wyndham richtete sich gleichfalls auf.

Sie kamen nicht einmal bis zur Tür, ehe Harry die Worte hörte, auf die er gehofft hatte.

»Warten Sie!«

Noch dazu auf Englisch. Wer hätte das gedacht!

Er drehte sich um, und Jean-Marc schritt an ihnen vorbei, um die Tür zu schließen.

»Sie müssen die Polizei nicht rufen. *Non!* Ich erzähle Ihnen, was ich weiß.«

»Namen?«

»Ja, auch einen Namen. Alles. Aber halten Sie mich da raus. Diese Kerle sind übel. Wenn sie hiervon erfahren, bin ich tot.«

Harry sah zu Wyndham und zurück zu dem Kellner.

»Na schön, *mon ami*«, sagte er. »Reden Sie!«

Kat wartete, während Lady Nantwich Tee in eine zarte Porzellantasse schenkte, einen winzigen Tropfen Milch aus einem Silberkrug hinzugab und einen Schluck trank.

»Sehr erfrischend«, sagte die Frau. »Obwohl die Franzosen die Milch nie ganz richtig hinbekommen, finden

Sie nicht auch? Sie ist immer zu warm, was ich nicht verstehe.«

»Ich trinke eher schwarzen Kaffee«, antwortete Kat.

»Ah ja, natürlich«, sagte Lady Nantwich mit einem verständnisvollen Nicken. »Das ist so eine amerikanische Sache, nicht?«

Kat stimmte nicht zu, widersprach aber auch nicht.

Percys Frau beugte sich vor. Beinahe so, als wären sie alte Freundinnen, die sich nach langer Zeit wieder austauschten.

»Ich weiß, dass wir Dinge zu besprechen haben, aber ist es nicht ein herrlicher Tag? Ich bin erst spät gestern Abend angekommen, als es schon dunkel war. Was für eine ermüdende Reise. Diese Züge! Aber das gegenwärtige Wetter in England – du lieber Himmel! Es ist so unbeschreiblich furchtbar, dass ich es keinen Tag länger ausgehalten habe. Während das Klima hier wundervoll ist, *n'est-ce pas?*«

Kat nickte verhalten lächelnd. Es gab eine Erpressung, ihre Ehe stand auf dem Spiel, und sie redeten über das Wetter.

Das musste so eine englische Sache sein, dachte sie lächelnd.

»Allerdings muss ich sagen, dass Percy überrascht war, mich zu sehen. Wie immer.« Sie lachte. »Er hat mir – recht erbärmlich, offen gestanden – vorzugaukeln versucht, dass er nicht wieder mit seinen alten Geschichten angefangen hat. Doch Sie werden mir gewiss zustimmen, dass eine Ehefrau so etwas immer merkt. Man ahnt es instinktiv, finden Sie nicht?«

»Seine *alten Geschichten?*«, wiederholte Kat. »Ich fürchte, ich …«

»Dieses junge Ding, diese Simone? Wieder mal ein billiges Revuemädchen. Wie entsetzlich vorhersehbar und schlicht. Man könnte meinen, nach all den Jahren sei er die einfältigen Püppchen leid. Eine Bibliothekarin wäre eine angenehme Abwechslung! Oder vielleicht eine schüchterne kleine Bankangestellte? Ach, was solls? Ich nehme an, bei einer Sängerin oder Tänzerin weiß man wenigstens genau, womit man es zu tun hat … und wofür man bezahlt.«

Kat schwieg, denn sie musste erst einmal Lady Nantwichs Version mit Percy Porter und seiner großen Romanze in Einklang bringen. Was er Harry und ihr erzählt hatte, klang vollkommen anders.

Die Ehefrau könnte recht haben.

»Was diese kleine Episode so besonders unglücklich macht, ist die recht hässliche Beigabe einer Erpressung. Scheußliches Wort. Und haufenweise Geld, das einfach so zum Fenster hinausgeworfen wird.«

Lady Nantwich trank noch einen Schluck Tee.

»Es ist nämlich so, dass die Eskapaden des lieben Percy bisher privat blieben. Wir konnten sie stets vor der Öffentlichkeit verbergen. Die Gesellschaft und, was noch wichtiger ist, der Vorstand wissen nichts von seinen Neigungen. Und so sollte es auch bleiben, weil ich mir nicht einmal vorstellen möchte, was das sonst für uns bedeuten würde. Nein, daran will ich gar nicht denken. Und deshalb«, hier berührte sie kurz Kats Knie mit der Hand, »bin ich überglücklich zu hören, dass Sie und Sir Harry zurate gezogen wurden. Jetzt bleiben uns nur noch wenige Minuten, bevor Percy sich zu uns gesellt. Erzählen Sie mir bitte genau, was Sie bisher herausgefunden haben. Vielleicht können wir diese unglückselige Angelegenheit dann gemeinsam regeln.«

Kat überlegte. Sie hatte Percy Vertraulichkeit zugesichert, und ehe sie nicht mehr wusste, würde sie keinen Verdacht äußern oder Pläne preisgeben.

Nicht dass Harry und ich von beidem viel vorzuweisen hätten.

»Lady Nantwich, ich muss gestehen, dass Sie sehr nachgiebig sind. Nicht viele Ehefrauen wären so, ähm, verständnisvoll.«

»Bitte, nennen Sie mich Alice«, entgegnete die Frau.

Kat nickte und lächelte.

»Und ich bin Kat«, sagte sie. Dann lehnte sie sich zurück. »Wie gesagt, um ehrlich zu sein, wundert mich, wie gelassen Sie Mr Porters Affären hinnehmen.«

»Ach, ich bin viel zu alt, um meine Zeit damit zu verplempern, dass ich mich über meinen Mann aufrege. Solange alles diskret gehandhabt wird. In diesem Fall jedoch scheine ich keine andere Wahl zu haben, als mich einzuschalten.«

»Weiß Percy, dass wir dieses Gespräch führen?«, fragte Kat.

»Ja, weiß er.«

»Und hat er Ihnen erzählt, inwieweit wir involviert sind … mein Mann und ich?«

»Oh ja. Ich weiß, dass Sie und Sir Harry in derlei Angelegenheiten ein wenig Erfahrung haben. Und dass Sie versucht haben, die Erpresser zu verfolgen – leider vergebens.«

Kat nickte.

Dies ist nicht der richtige Zeitpunkt, um sich zu entschuldigen.

»Sicher fragen Sie sich jetzt, wie wir weiter vorgehen wollen? Ich meine, da ich nun vor Ort bin«, sagte Lady Nantwich. »Und darum möchte ich Ihnen sagen, dass ich sehr froh über Percys Entscheidung bin, Sie um Hilfe zu bitten.«

»Verstehe.«

»Sie haben meine volle Unterstützung. Und ich nehme an, Sie erwarten eine neue, noch höhere Forderung von den Erpressern?«

»Ja, damit rechnen wir.«

»Eine Frage hätte ich. Glauben Sie, dass diese Simone in die Sache verwickelt ist?«

»Noch ziehen wir alle Möglichkeiten in Betracht.«

»Tja, das sollten Sie auch unbedingt. Ein solches Flittchen? Die steckt wahrscheinlich bis zu ihrem Hemdchen mit drin! Und was haben Sie als Nächstes vor?«

Kat beschloss, die Spitze gegen die junge Sängerin zu ignorieren.

»Deshalb bin ich hier, um unsere Strategie mit Ihrem Mann zu besprechen.«

»Da Sie seine Frau nicht erwartet haben. Also gut«, sagte Lady Nantwich und blickte hinüber zu den Türen. »Ich sehe keinen Grund, daran etwas zu ändern. Solange Sie einverstanden sind, mit uns beiden zu reden.«

Bevor Kat antworten konnte, drehte Lady Nantwich sich um. »Ah, sieh an! Hier kommt unser leichtgläubiger Lothario!«

Kat schaute hin und sah Percy verlegen am Eingang des Salons stehen und sich nach ihnen umsehen.

»Eines sollte ich noch hinzufügen«, sagte Lady Nantwich leise. »Percy hat mich gebeten, nicht mit Ihnen über seine vorherigen Liebschaften zu reden, und ich war einverstanden. Der Mann besitzt also noch einen Funken Würde, und ich habe das Gefühl, wir sollten das respektieren.«

Kat antwortete nicht, weil diese Situation einfach nur bizarr war.

Sie beobachtete, wie der stattliche Percy sich seinen Weg zwischen den anderen Tischen hindurchbahnte. Vor ihrem blieb er stehen und trat verlegen von einem Fuß auf den anderen.

»Ah, ähm, Lady Mortimer«, sagte er mit einem matten Lächeln. »Wie ich sehe, haben Sie meine Frau kennengelernt.«

»Wir haben uns wunderbar unterhalten, nicht wahr, Kat?«, fragte Lady Nantwich lächelnd. Dann wandte sie sich ihrem Ehemann zu.

»Setz dich zu uns, Schatz. Ich habe dir einen Tee bestellt, so, wie du ihn magst: stark.«

Percy Porter setzte sich in einen roten Samtsessel neben seine Frau, wo er allerdings auf dem Rand der Sitzfläche blieb und die Knie zusammenpresste.

Allen süßen Worten zum Trotz kam er Kat vor wie ein Mann, der eben zu einer lebenslangen Strafe verdonnert worden war.

9. Ein Ausflug in die Altstadt

Harry trat auf den Gehweg vor Wyndham Groves Apartmenthaus und zog sich den Panamahut tiefer in die Stirn, um sich vor der Nachmittagssonne zu schützen, bevor er sich vergewisserte, dass sein Jackett zugeknöpft war.

Nicht jedoch zum Schutz gegen mögliche Kälte.

Nein, er wollte sichergehen, dass der geliehene Webley-Revolver gut verborgen in seinem Holster hing. Ihm war bewusst, wie riskant es war, in einer französischen Stadt mit einer Waffe herumzulaufen.

Doch nach dem, was Wyndham und er von dem Kellner in Cannes erfahren hatten, blieb ihm nichts anderes übrig.

Wie hieß es noch gleich: *Man geht nicht mit einem Messer in ein Pistolenduell.*

Letztlich hatte Jean-Marc den Namen des Motorradfahrers verraten: Ein Schläger aus Marseille mit dem Spitznamen »Capo«. Laut Wyndham hatte er ein Vorstrafenregister so lang wie sein Arm. Ein ganz übler – und möglicherweise mörderischer – Scherge in einer Verbrecherbande.

Capo war eines Morgens hergekommen und hatte Jean-Marc klare Anweisungen gegeben, dass er nicht hinsehen sollte, wenn das Geld abgeholt wurde. Es hatte keine Vorauszahlung gegeben, doch der Kellner war nicht so dumm gewesen, irgendwelche Einwände zu äußern.

Harry hatte ihm einige Francs zugesteckt und ihm gesagt, er solle ihn im Negresco anrufen, falls Capo noch einmal auftauchte.

Womit Harry nicht rechnete.

Eine dritte Übergabe findet sicher woanders statt.

Aber wahrscheinlich nach dem gleichen Muster.

Auf der kurzen Zugreise zurück hatte Wyndham ihm erzählt, was er über Capo wusste. Der Kerl sei vor gut einem Jahr von Marseille hergezogen. Der englische Spion hatte sich verblüfft gezeigt, dass Capo mit einem Erpressungsversuch zu tun hatte.

»Meinem Kontakt bei der Polizei nach ist er spezialisiert auf Diebstahl, Nötigung, Einbruch und bewaffneten Raubüberfall, wenn ihm gerade danach ist«, hatte er Harry informiert. »Aber ich habe noch nie gehört, dass er mit Erpressung zu tun hatte.«

Harry schätzte, dass sie es bei ihm mit der Muskelmasse der Organisation zu tun hatten, nicht mit dem Kopf dahinter. Und ihm war auch klar, dass Capo, wollten sie den Erpresser finden, ihre einzige Spur war.

Deshalb war er jetzt auf dem Weg in die Altstadt, wo sich die berüchtigte Spelunke befand, von der Wyndham gehört hatte, dass Capo dort Stammgast war.

Die Liberty Bar.

Mitten in der Woche am späten Nachmittag könnte Harry vermutlich von Glück reden, sollte er den Mann erwischen, aber wenigstens könnte er die Lage einschätzen. Und dann ein anderes Mal wieder hingehen, vielleicht mit Kat zusammen.

Bis dahin dürfte der Colt, den Wyndham bei seinen

Freunden in der hiesigen Unterwelt »bestellt« hatte, im Negresco abgegeben worden sein – mitsamt einer kleinen Schachtel Munition.

Die Leute an der Rezeption wären durchaus überrascht, wüssten sie, was in dem hübschen Päckchen für Lady Mortimer steckte.

Es war ein schöner Weg vom Bahnhof in Nizza zum Meer, vorbei an Geschäften und Wohnhäusern, an Restaurants und *Salles de thé.*

Doch kaum betrat Harry die Altstadt, veränderte sich die Atmosphäre.

Hier waren die Straßen enger, winzige Bars und Cafés wetteiferten um Kunden, barfüßige Kinder spielten in dunklen Kopfsteinpflastergassen, und müde Männer und Frauen drängten sich mit grimmigen Gesichtern aneinander vorbei. Für sie war das Leben am Mittelmeer ein Kampf und kein Genuss.

Die bittere Armut, nur wenige Hundert Meter entfernt von den glamourösen Hotels an der Promenade des Anglais, war unverkennbar.

Mit Wyndhams Wegbeschreibung im Kopf fand Harry den Weg tiefer hinein in das Viertel, inmitten der Menschenmenge, aus der er in seinem Leinenanzug fraglos herausstach.

Zugleich vermutete er, dass einige der angesehensten Bewohner Nizzas manchmal diese Straße aufsuchen dürften, um verbotene Früchte zu kosten.

Bei der Kathedrale mit dem schimmernden neuen Kriegerdenkmal überquerte er den kleinen Platz zur Rue Rossetti und bog dort scharf nach links in die Rue Droit, wo sich die Essensgerüche aus den Cafés mit Schwaden von Zigarettenqualm und dem Gestank aus der offenen Kanalisation vermischten.

Und ein Stück weiter vorn sah er die Liberty Bar.

Über der verblichenen roten Tür hing ein schiefes, uraltes Schild, und es gab nur ein kleines Fenster.

Harry ging an dem Lokal vorbei, blickte kurz durchs Fenster, konnte aber nichts sehen, weil es von einem zerschlissenen Vorhang verhüllt war.

Muss eine höllische Spelunke sein!

Ihm war klar, dass es nicht infrage kam, einfach hineinzuspazieren. Aber wie sollte er es sonst anstellen?

Und dann hörte er ein vertrautes Dröhnen in der Ferne.

Eine Gnome Rhône … die näher kam.

Das musste Capo sein!

Rasch trat Harry in den Eingang eines Ladens und gab vor, sich für die ausgestellten Sanitätsartikel in dem winzigen Schaufenster zu interessieren.

Nun war der Motorlärm lauter, direkt in der Rue Droit, und die Maschine knatterte sehr schnell durch die enge Gasse.

Als sie an Harry vorbeifuhr, zog er seinen Hut tiefer in die Stirn. Aus dem Augenwinkel konnte er den Fahrer vorbeipreschen sehen.

Es bestand kein Zweifel: Dies war derselbe Mann wie gestern, mitsamt Lederhelm und Motorradbrille.

Capo.

Und in dem angewinkelten Schaufenster konnte er beobachten, wie die Maschine nur zwanzig Meter weiter vor der Liberty Bar scharf bremste.

Harry rechnete damit, dass der Motor ausging, doch stattdessen blieb Capo auf dem Sitz und ließ ihn zweimal laut knattern.

Ein Signal?

Dann sah Harry im Fenster, wie die Tür zur Bar geöffnet wurde und eine Gestalt erschien. Er riskierte, sich umzudrehen, um mehr zu erkennen, blieb aber in dem Ladeneingang stehen.

Ein Mann war aus der Bar gekommen: groß, in einem verblichenen Anzug und mit einem verbeulten Hut auf dem Kopf.

Zu weit weg, um das Gesicht richtig zu sehen.

Allerdings wirkte er hier so deplatziert wie Harry.

Capo griff in seine Jacke, zog ein dickes Päckchen heraus und reichte es dem Mann.

Der blickte sich nervös auf der Straße um.

Harry zog sich weiter in den Ladeneingang zurück und wartete einen Moment, bevor er wieder um die Ecke linste.

Nun riss der Mann, der sich vergewissert hatte, dass er unbeobachtet war, das Päckchen oben auf, schaute hinein und nickte.

Auch Capo nickte und schien etwas zu murmeln. Gleich darauf legte er den Gang wieder ein, und mit einem kehligen Brummen des Motors wendete der Gangster die Maschine und kam zurück die Straße hinauf.

Harry drehte sich wieder zum Schaufenster, als das Motorrad an ihm vorbeifuhr. In dem Laden bemerkte er einen kleinen Mann mit einem eindrucksvollen Schnauzbart, der lächelte, als wollte er den gut gekleideten Kunden nach drinnen locken.

Harry erwiderte die freundliche Geste und hoffte zu signalisieren: *Bedaure, ich schaue nur.*

Dann wandte er sich gerade rechtzeitig zur Straße, um den großen Mann mit dem Päckchen sehr schnell um die Ecke verschwinden zu sehen.

Verdammt!

Harry rannte ihm nach und blieb an der Rue Rossetti stehen, wo er vorsichtig um die Ecke blickte.

Da war er. Etwa hundert Meter entfernt eilte der Mann den steilen Hügel hinauf.

Harry folgte ihm in einigem Abstand und huschte in Hauseingänge, sobald der Mann sich umblickte.

Diese uralte Straße kannte Harry von einer Reise vor ein paar Jahren. Damals war er als harmloser Tourist durch die *Vielle Ville* geschlendert und diesen Berg hinauf zur alten Burg und den Gartenanlagen gewandert.

Jetzt konnte er den Mann durchs Tor gehen und die Stufen hinaufeilen sehen.

Immer wieder musste Harry zurückfallen, weil es hier auffälliger war als in den engen Straßen unten. Hastig überquerte er das Kopfsteinpflaster, um in den Schatten zu gelangen. Wäre er zu schnell, könnte der Mann ihn sehen.

Vorsichtig, alter Junge.

Allzu groß durfte der Abstand hingegen auch nicht werden, sonst riskierte er, den Mann zu verlieren.

Er schritt durchs Tor und stieg die Treppen hinauf, die im Zickzack in den Hang gebaut waren. Auf jedem Absatz rechnete er halb damit, dem Mann gegenüberzustehen. Harry war nun mehr und mehr überzeugt davon, dass er der Erpresser sein musste.

Er war froh, eine Waffe zu haben, auch wenn er hoffte, sie nicht benutzen zu müssen. Dem Freund seiner Tante zu helfen war eine Sache, aber eine Schießerei auf dem Burggelände? Das war etwas vollkommen anderes.

Bald wurden die Stufen von einem Sandweg abgelöst, die Abstände zwischen den Biegungen größer, doch immer noch ging es steil bergan; Harry atmete schwer und begann in der frühabendlichen Hitze zu schwitzen.

Schließlich erreichte er den Gipfel und einen schmalen, von Bäumen gesäumten Weg. Hinter ihm war der

Ausblick auf die Baie des Anges spektakulär, wie er aus Erfahrung wusste.

Heute war sie ganz gewiss keine Engelsbucht.

Zu seiner Linken lag der Eingang zum alten Friedhof, nach rechts ging es in die Burggärten.

Der Mann war nirgends zu sehen, und Harry musste sich entscheiden, welche Richtung er wählen sollte.

Warum war der Erpresser hier raufgekommen? Wusste er, dass Harry ihm auf den Fersen war? Oder war es schlicht berufliches Können – ein professioneller Verbrecher, der stets achtgab, seine Spuren zu verwischen?

Harry wusste, dass der Friedhof links einem Labyrinth glich. Falls der Mann da reingegangen war, könnte er ihn unmöglich verfolgen, ohne entdeckt zu werden. Er hatte keine Wahl.

Harry bog rechts durch das Tor und schritt langsam an Familien, Liebespaaren, Einheimischen und Touristen vorbei.

Wobei er versuchte, wie ein Tourist zu wirken, nicht wie jemand, der einen Erpresser verfolgte.

Und die ganze Zeit hielt er Ausschau nach dem Mann mit dem Päckchen.

Doch als er an den Aussichtspunkt kam, wo eine kleine Touristengruppe fotografierte und auf den Sonnenuntergang wartete, erkannte er, dass er sein Zielobjekt verloren hatte.

Oder vielmehr hat das Zielobjekt mich »abgeschüttelt«.

Er blieb stehen, holte sein Taschentuch hervor, wischte sich die Stirn und betrachtete die fantastische Aussicht: die roten Dächer, das blaugrüne Meer, die roten Berge in der Ferne und die untergehende Mittelmeersonne.

Leider bereiteten sie ihm keine Freude, denn er ärgerte sich. Er hatte den verfluchten Erpresser aus den Augen verloren.

10. Ein Abend im Casino

Diamanten oder Perlen?«, fragte Kat, die hinaus auf den Balkon ihrer Suite trat, wo Harry mit einem Whiskyglas in der Hand hinaus aufs mondbeschienene Meer blickte.

Die Luft fühlte sich weich und warm an. Kat sah, wie Harry sich umdrehte und die erforderlichen wenigen Sekunden über die schwierige Frage nachdachte, bevor er zu den Perlen in ihrer rechten Hand nickte.

»Schwere Entscheidung. Ich denke, die Diamanten hebst du dir für unseren letzten Abend auf, einverstanden?«

»Unseren letzten Abend? Klingt, als hättest du eine Überraschung für mich.«

Sie machte einen Schritt auf ihn zu, küsste ihn und wandte sich dann um, damit er ihr mit dem Verschluss der Perlenkette helfen konnte.

»Oh, und ob ich die habe!«, sagte er. »Ich muss mir nur noch überlegen, was genau sie sein soll.«

Lachend wandte sie sich wieder zu ihm. »Bist du immer noch wütend auf dich selbst?«

»Oh nein, nicht mehr«, antwortete er und küsste sie sanft. »Dich so bezaubernd zu sehen hilft immer.«

»Ich wette, der Whisky auch.«

»Stimmt, das tut er«, bestätigte er grinsend.

Sie gingen zurück ins Zimmer, wo Kat noch einen letzten Blick in den Spiegel warf, während Harry seinen Whisky austrank und sein weißes Jackett überzog.

Sie hatten einen Tisch in dem Casino-Kabarett reserviert, was allemal ein Vorwand war, sich richtig chic zu machen. Kat trug ihr nachtblaues Lieblingsabendkleid, Harry einen weißen Smoking.

»Was ich nicht begreife«, sagte er, »ist, wie ich den Mistkerl verlieren konnte. Er war einfach verschwunden!«

»Hat er dich vielleicht bemerkt? Oder könnte er irgendwo dort ein Versteck haben?«

»Möglich wäre es. Ich denke, er ist auf den alten Friedhof gerannt – ein wahres Labyrinth, sofern man sich nicht sehr gut auskennt.«

»Na, für mich hört es sich wie simples Pech an«, sagte Kat. »Und du hattest schlicht Glück, zu genau der Zeit an dem Café zu sein, als die Übergabe stattfand.«

»Ja, vielleicht. Falls es denn die Übergabe war. Es könnte auch Medizin für seine liebe alte Mum gewesen sein.«

Kat lachte. »Von dem Typen, der auf uns geschossen hat?«

»Ach ja, der liebenswerte Capo …«

»So oder so warst du der Erfolgreichere von uns beiden. Ich kann lediglich zwei Stunden Unterhaltung mit Lady Nantwich über Mode und die Londoner Gesellschaft vorweisen. Ach ja, und über das englische Wetter!«

»Was nie ein leichtes Thema ist, fürwahr. Und die ganze Zeit hat Percy keinen Pieps von sich gegeben?«

»Oh, er warf durchaus hier und da eine Bemerkung ein, aber letztlich konnte ich keine Minute mit ihm allein reden, um unserer Geschichte auf den Grund zu gehen. Und genau deshalb war ich ja eigentlich da.«

»Wie es sich anhört, wollte Lady Nantwich es nicht dazu kommen lassen.«

»Eben. Dasselbe dachte ich auch«, sagte Kat. »Und mein Gefühl sagt mir, dass da etwas nicht stimmt. Ich weiß nur noch nicht, was es ist.«

»Oh, so wie ich dich kenne, Lady Mortimer, wirst du es früher oder später herausfinden.« Harry klopfte seinen Hut ab.

»Wir müssen entscheiden, wie wir weiter vorgehen«, sagte sie. »Ich meine, falls wir hier überhaupt helfen *wollen*.«

»Sollten wir, obwohl ich fürchte, dass wir schachmatt gesetzt sind, bis die Erpresser ihren nächsten Zug machen.«

»Falls sie ihn denn machen. Und was ist mit Simone? Vielleicht wäre eine Überprüfung sinnvoll.«

»Lady Nantwich hatte sie ein ›Flittchen‹ genannt? Tja, für ein Flittchen singt sie fantastisch. Aber es könnte sicher nicht schaden – solange wir sie nicht aufschrecken.«

»Dann kommt es auf die Liste für morgen. Und heute Abend nehmen wir uns frei, abgemacht?«

»Abgemacht«, antwortete er und küsste sie.

Kat nahm ihre Samthandtasche auf, öffnete sie und zog den kleinen Colt heraus.

»Was meinst du?«, fragte sie. »Klein, aber immer noch schwer. Und ich bezweifle, dass wir im Casino in eine Schießerei geraten.«

Sie wusste, dass Harry seinen Revolver nicht mitnehmen würde; der passte schlecht unter sein Jackett.

»Stimmt«, sagte er. »Nehmen wir uns *richtig* frei. Kabarett, Champagner und keine Handfeuerwaffen.«

Sie lachte. »Ja! Und vielleicht ein ganz kleines Spiel am Roulettetisch?« Sie legte die Waffe in die Schreibtischschublade.

»Warum nicht? Wenn wir schon in einem Casino an der Côte d'Azur sind?« Harry hielt ihr die Tür auf. »Schließlich war die einzige Extravaganz, die wir uns bisher gegönnt haben, ein französisches Mittagessen. Es wird Zeit, mal richtig über die Stränge zu schlagen, würde ich meinen.«

»Was immer das heißen mag, Sir Harry, es klingt gut.«

Sie hakte sich bei ihm unter und ging mit ihm den Korridor hinunter zu dem Art-déco-Aufzug. Eine kribbelnde Vorfreude auf den Abend in der Stadt erfüllte sie.

Harry half Kat aus dem Taxi und drehte sich zum Casino auf der kurzen Pier um, die hinaus ins dunkle Meer ragte. Sterne funkelten am Himmel.

Bei dem großen Gebäude herrschte bereits ein reges Kommen und Gehen, und Automobile sowie elegante Kutschen reihten sich an der Promenade hintereinander. Harry konnte die Jazzband durch die offenen Fenster eines der Restaurants hören.

Er nahm Kats Arm, und gemeinsam mischten sie sich unter die Menge auf der Pier. Dann stiegen sie die breite Treppe des glitzernden Casinos hinauf und betraten eine Empfangshalle mit Glasgewölbedecke, glänzendem Marmorboden und Kronleuchtern. Es wimmelte von Gästen aus aller Welt.

Und es war unmöglich, sich von dieser Atmosphäre nicht verzaubern zu lassen.

Als sie die Eingangshalle in Richtung Kabarett durchquerten, tippte jemand Harry von hinten an den Arm.

Und während er sich umschaute, vernahm er eine vertraute Stimme …

»Hey, Harry! Kat! Na, was sagt man denn dazu?«

Es war Roscoe Burns im Smoking und mit schwarzer Krawatte.

Unser charmanter Trickbetrüger aus dem Train Bleu!

»Roscoe!«, sagte Kat und küsste den jungen Amerikaner nach französischer Manier auf die Wangen.

Harry schüttelte ihm die Hand und klopfte anschließend übertrieben seine Taschen ab.

»Nur mal nachsehen, ob meine Brieftasche noch da ist«, erklärte er schmunzelnd und blickte auf sein Handgelenk. »Und die Uhr. Ah, alles gut!«

»Das habe ich wohl verdient«, sagte Roscoe grinsend. »Aber ich bin jetzt sauber, wie ich Ihnen schon gesagt habe.«

»Haben Sie Arbeit gefunden?«, fragte Kat, und Harry fand, dass sie ein wenig skeptisch klang. »Irgendwo in der Stadt?«

»Äh … nein«, antwortete Roscoe. Dann zeigte er zum Casinotrakt. »Ich arbeite hier, als Geber. Mit Karten kann ich gut umgehen.«

»Das ist ein Scherz, oder?«, fragte Kat. »Ich meine, haben Sie das vorher schon mal gemacht?«

»An Spieltischen habe ich mich oft genug herumgetrieben«, antwortete der junge Amerikaner. »Natürlich aus anderen Gründen. Aber ich dachte mir, so schwer kann das doch nicht sein …«

»Lassen Sie mich raten«, sagte Harry. »Sie haben sich Ihre eigenen Referenzen geschrieben.«

»Und wahrhaft exzellente. Es hätte zu lange gedauert, sie von New York herschicken zu lassen. Und letztlich ist es ja nur ein bisschen Getriebeschmieren, nicht?«

»Na, dann müssen wir nach der Vorstellung mal an

Ihrem Tisch vorbeisehen«, sagte Harry. »Allerdings werde ich Sie im Auge behalten.«

»Ha, keine Bange! Und es gibt keine Sonderbehandlung – nicht mal für Freunde.«

Harry lachte. »Die würde ich im Traum nicht erwarten!«

Dann nickte Roscoe zu einem großen Plakat mit Simones Bild an der Wand.

»Wollen Sie sich heute Abend Simone Sorel ansehen? Was für eine Stimme! Sie wird es noch weit bringen.«

»Oh, wir haben sie kürzlich schon gesehen«, sagte Kat. »Und ich stimme Ihnen zu. Ein erstaunliches Talent.«

Harry hörte, dass die Band im Kabarett zu spielen begann, und schüttelte Roscoe wieder die Hand.

»Wir sichern uns lieber unseren Tisch. Es ist schön, Sie wiederzusehen, junger Mann.«

»Freut mich auch, Harry, Kat«, entgegnete Roscoe.

Und Harry blickte ihm kurz nach, als er zu den Spieltischen ging.

»Der Junge bringt es auch noch weit«, sagte er. »Daran hege ich nicht den geringsten Zweifel. Die Frage ist nur … wo?«

»Ich weiß«, antwortete Kat grinsend. »Aber Hauptsache, er bleibt ehrlich.«

Harry bot ihr wieder seinen Arm an, und sie begaben sich in den gut besuchten Kabarettsaal, wo die Band bereits in Schwung war.

Der Oberkellner führte sie zu ihrem Tisch in einer ruhigen Ecke weiter weg von der Bühne, und Harry bestellte eine Flasche Pommery. Letzterer entwickelte sich bereits zu ihrem Lieblingsgetränk.

»Wann tritt Simone auf?«, fragte Kat, während sie sich die Speisekarte ansahen.

»Ich glaube, sie ist die letzte Nummer«, sagte Harry. Als der Champagner eingeschenkt war, erhob er sein Glas.

»Auf die Côte d'Azur«, sagte er.

»Und all ihre Geheimnisse!«, ergänzte Kat.

Sie tranken von ihrem Champagner und wandten sich der Bühne zu, auf die nun eine Reihe sehr spärlich bekleideter Tänzerinnen kam.

»Tja, so etwas sieht man in Mydworth nicht alle Tage«, konstatierte Harry.

»Nicht mal in der Bronx«, sagte Kat, und Harry lachte.

Das Dinner dauerte zwei Stunden, und Simone war wirklich unglaublich – was Kat nicht anders erwartet hatte. Mühelos wechselte sie von Big-Band-Nummern zu ruhigen Balladen, und ihre Präsenz verzauberte den ganzen Saal.

Nach zwei Zugaben zog sich die Sängerin schließlich von der Bühne zurück, und Kat neigte sich näher zu Harry.

»Haben wir noch Zeit für die Spieltische, oder sollen wir ein Taxi zurück zum Hotel nehmen?«

»Ah, verlockend. Aber die Nacht ist noch jung, oder? Komm!«

Kat beugte sich näher zu ihm und küsste ihn, bevor sie aufstand. »Ich bin so froh, dass ich dich geheiratet habe. Du willst immer dasselbe wie ich!«

»Das ist eine meiner besten Eigenschaften.«

Er erhob sich, und Arm in Arm gingen sie zurück in die Eingangshalle. An den großen Türen zum Casino blieb Kat stehen.

Drinnen war sehr viel los, und an einigen der Roulette- und Baccaratische drängten sich die Leute. Croupiers und Geber riefen ihre Ansagen, Menschen lachten und jubelten. Kellner eilten vorbei, die Tabletts hoch über ihren Köpfen balancierend. Und der Champagner floss in Strömen …

Kat sah zu Harry. »Hier ist es viel zu voll. Verzichten wir auf Chips und sehen es uns nur an.«

Dabei nickte sie zu einer Galerie, von der aus Leute das Treiben an den Tischen beobachteten. Gemeinsam stiegen sie die mit rotem Teppich bespannte Treppe hinauf, bis sie oberhalb des Treibens waren und einen freien Blick auf die rund ein Dutzend Spieltische hatten.

Ein Kellner brachte ihnen Champagner, und Kat lehnte sich an die Balustrade, um sich das Geschehen unten anzuschauen.

»Sieh mal zu dem Roulettetisch da drüben!«, sagte sie. »Der Mann mit einer jungen Frau an jedem Arm? Anscheinend hat er gerade ein Vermögen gewonnen.«

»Unbegreiflich, warum er so beliebt ist. Und was ist mit dem Weißhaarigen beim Vingt-et-un?«

Kat sah in die Richtung, in die Harry zeigte. Dort haderte ein gebrechlich wirkender alter Mann mit seiner Entscheidung. Die anderen am Tisch lächelten geduldig, während er blinzelnd seine Karten betrachtete.

Kat lachte. »Ah, da ist Roscoe«, sagte sie und wies zu einem anderen Tisch weiter hinten.

»Er wirkt sehr überzeugend. Oh, ist das da nicht Simone?«

Kat folgte seinem Blick. Die schöne Sängerin hatte sich ein anderes Abendkleid angezogen und bahnte sich ihren Weg durch die Menge, wobei sie immer wieder Leute begrüßte und Komplimente entgegennahm.

Schließlich endete Simone an Roscoes Tisch. Die anderen Gäste machten dem jungen Star Platz. Simone blieb hinter einem Spieler stehen, der mit dem Rücken zu Kat und Harry saß.

Kat beobachtete, wie sie sich zu dem Mann neigte, eine Hand auf seine Schulter legte und ihm etwas zuflüsterte. Der Mann wandte sich halb um – und nun erkannte Kat ihn.

Es war der große Kartenspieler, der sie auf der Party in Antibes angesprochen hatte.

»Harry? Ich weiß ja, dass wir uns heute freigenommen haben, aber ich kenne den Mann – den, mit dem Simone redet. Er war auf der Party neulich. Ziemlich forsch übrigens.«

»Ach ja?« Harry schaute genauer hin. »Und er hat versucht, sich an meine Frau ranzumachen? Na, da sollte ich ihn mir mal vornehmen. Ah, jetzt sehe ich ihn. Ich glaube, den kenne ich auch.«

»Von der Party?«, fragte Kat.

»Nein, nicht von der Party.«

Kat entging nicht, dass sich sein Tonfall veränderte. Er wurde sehr ernst.

Und sie sah ihn an. »Was meinst du?«

»Der Mann da unten, der mit Simone flüstert, ist derselbe, dem ich heute durch die Altstadt gefolgt bin.«

»Wie bitte?« Kat versuchte, die Zusammenhänge zu begreifen. Als sie erneut zum Tisch schaute, war Simone fort.

»Aber wenn er Simone kennt, bedeutet das …«

»Oh ja. Ich fürchte, wir sind wieder bei der Arbeit, meine liebe Kat.«

Und sie fragte sich, ob es ein Fehler gewesen sein könnte, ihren Colt heute Abend nicht dabeizuhaben.

11. Ein nächtlicher Besuch

Kat ging zwischen den vollen Tischen hindurch, nahm sich ein Glas Champagner von einem Kellner und sah hinauf zur Galerie, wo sie Harry eben noch im Schatten ausmachen konnte.

Es war ihr Plan gewesen: Sich dem Mann zu nähern und herauszufinden, wer er ist.

Harry hatte nicht widersprochen, denn er wusste, dass es nicht anders ging. Sie durften nicht riskieren, dass der Mann Harry wiedererkannte.

Und bei Kat würde er wohl, selbst wenn er sich an sie erinnerte, nicht misstrauisch werden. Ganz im Gegenteil.

Als sie sich Roscoes Tisch näherte und er zu ihr aufblickte, legte sie rasch einen Finger an ihre Lippen, was so viel heißen sollte wie: Pst, Sie kennen mich nicht.

Roscoe blickte zurück zu den Karten, ohne auch nur mit der Wimper zu zucken. Also hatte er verstanden. Nun war Kat näher und schlüpfte zwischen den Zuschauern hindurch, bis sie direkt hinter besagtem Mann stand.

Ihr fiel auf, dass sich alle auf ihn konzentrierten, denn er schien zu gewinnen – sehr viel sogar.

Neben seinen Karten stapelten sich die Chips, und als

das Spiel weiterging und die Karten flogen, bemerkte Kat, wie geschmeidig seine Bewegungen waren.

Beinahe … professionell.

Dieser Mann weiß, wie man spielt – und genießt es offensichtlich.

Sie beobachtete und wartete. Der ganze Tisch war gebannt verstummt, denn hier lief nun ein großes Spiel.

Roscoe gab eine Karte aus.

Sämtliche Blicke waren auf den mysteriösen Mann gerichtet. Was hatte er vor? Würde er noch eine Karte nehmen oder nicht?

Sie sah, wie er sich entschied und Roscoe zunickte, der die nächste Karte umdrehte.

Und dann ertönte Jubel, als der Mann gewann – und ihm noch ein Stapel Chips zugeschoben wurde.

»Gut gespielt«, sagte Kat und trat näher zu ihm.

»Merci, Madame«, antwortete er und sammelte seinen Gewinn ein. Dann blickte er zu ihr auf, und seine Augen blitzten.

»Ah, wenn das nicht die Dame ist, die gern Spaß hat!«

»Richtig. Und es gibt kein Gesetz dagegen.«

»Oh, das tut es sicher, und ich würde Ihnen helfen, es zu brechen.«

Kat lächelte. Nun wandte er sich um und nickte zu den Karten, als der Geber sich wieder an die Arbeit machte.

»Gehen Sie immer solch hohe Risiken ein?«

»Die ganze Zeit. Spielen Sie?«

»Nicht heute Abend.«

»Und was tun Sie … Miss … Mrs …?«

»Kat Reilly«, antwortete sie. Es war seltsam, ihren Mädchennamen zu benutzen.

»Cedric Latimer«, sagte der Mann, lächelte und spielte eine Karte.

»Freut mich, Cedric.«

»Das Vergnügen ist ganz meinerseits«, sagte Latimer. »Sind Sie für den Rest der Saison hier?«

Kat spielte mit. »Kann sein. Weiß ich nicht. Ich langweile mich schnell.«

»Oh, dagegen können wir gewiss etwas tun. Wie wäre es mit einem Schlummertrunk später?«

»Gern. Wo wohnen Sie?«

»Im Winchester. Dort haben sie eine schrecklich zivilisierte Pianobar. Und viele ruhige Ecken.«

»Klingt … romantisch.«

»Was denn? Mögen Sie keine Romantik?«, fragte er.

»Ach, ich weiß nicht. Ich muss noch auf eine Party.«

»Dann danach vielleicht? Was meinen Sie?«

»Eventuell«, antwortete Kat. »Wann machen Sie hier Schluss?«

»Zwei? Drei? Ich habe einen Kahn am Ende der Pier liegen. Wir könnten eine Runde durch die Bucht schippern.«

Kat zuckte mit den Schultern. Es wurde Zeit, dass sie sich unnahbar gab.

Und schließlich habe ich jetzt, was ich wollte.

Sie blickte sich zu den anderen Tischen um, als überlegte sie, wo mehr Spaß zu haben war.

»Oh, ich sehe gerade einige Freunde«, sagte sie. »Ich glaube, die Party ruft.«

»Bis später, Kat Reilly!«

»Ich sagte ›eventuell‹.«

»Ein richtiger Freigeist, was?«, fragte Latimer und sah lächelnd von seinem Spiel auf.

»Dessen können Sie sich sicher sein.«

Mit diesen Worten machte sie auf dem Absatz kehrt,

sodass ihr Kleid unten aufschwang, und ging zurück durch die Menge nach draußen.

Sie fand, dass ihre Vorstellung nicht schlecht gewesen war.

Harry bezahlte das Taxi vor dem Winchester Hotel und ging zu Kat, die auf dem Gehweg im Schatten einer Palme auf ihn wartete.

Vom Casino aus waren sie direkt zum Taxistand an der Promenade geeilt und hatten sich zu Latimers Hotel fahren lassen.

Der Plan war einfach: Da Latimer noch einige Stunden unterwegs war, würden sie irgendwie in sein Zimmer einbrechen und nach dem Geld oder Beweisen suchen.

Harry blickte zum Winchester. Noch war alles hell erleuchtet und belebt, auch wenn die Menge sich langsam auszudünnen begann. Er sah auf seine Uhr.

»Eins. Nehmen wir den schlimmsten Fall an: Unser neuer Freund bekommt ein paar schlechte Blätter, packt zusammen und kehrt früher in sein Hotel zurück.«

»In der Hoffnung auf ein Rendezvous mit einer gewissen Femme fatale«, sagte Kat und brachte ihr langes Kleid zum Schwingen.

»Er ahnt ja nicht, dass das allein mein Privileg ist.« Harry nahm ihre Hand und küsste sie.

»Und, was meinst du?«, fragte Kat. »Maximal eine halbe Stunde drinnen?«

»Allerhöchstens.«

»Wenn wir zu zweit suchen, sollte es schnell gehen.«

»Wie machen wir es, Kat Reilly?«, fragte er.

»Du magst doch Überraschungen, oder?«, erwiderte sie lachend.

»Oh ja, die mag ich!«

Sie traten aus dem Schatten und gingen auf den Eingang des Hotels zu.

»Sieht auch nicht gerade schäbig aus«, stellte Harry fest, als sie unten an den blanken Marmorstufen stehen blieben. »Anscheinend ist unser Mr Latimer recht gut an den Spieltischen – und bei dem, was er sonst noch so tut.«

»Wie Erpressung?«

»Ich schätze, mit den richtigen Partnern, einem schnellen Motorrad und einer Waffe kann man ein passables Einkommen erzielen.«

»Bedenken wir, dass wir bisher keinen Beweis haben.«

»Noch nicht. Also, was war das mit deiner Überraschung?«

Er trat zur Seite, als ein gut gekleidetes Paar an ihnen vorbei und durch die Hoteltür aus Holz und Glas ging, die im Licht der nahen Straßenlaternen schimmerte.

Dann drehte er sich zurück zu Kat und sah sie lächeln. Wenn es eines gab, woran es seiner Frau nicht mangelte, war es Selbstsicherheit.

»Na schön, nichts Gewagtes, richtig?«, fragte sie. »Also, du tust Folgendes …«

Nun neigte sie sich zu ihm, als wollte sie ihm die Einzelheiten zu einem romantischen Abenteuer zuflüstern, und erklärte ihm ihren Plan.

Harry schlenderte am Gehwegrand entlang, als würde er nach einem Taxi Ausschau halten, während Kat allein vor dem Hotel zurückblieb.

Nach einem Moment schritt sie in ihren hohen Schuhen die Marmorstufen hinauf. Ein Portier, der wie für eine Operettenaufführung in ein Rüschenhemd und eine rote Samtjacke voller Goldtressen gewandet war, öffnete ihr die Tür und sagte höflich: »Bonsoir madame.«

Genau, dachte Kat. Madame. Franzosen achteten stets auf einen Ring, um bei der Anrede nichts falsch zu machen: Madame oder Mademoiselle.

Sie lächelte ihm zu und betrat die große Eingangshalle, deren Boden ein dicker Teppich mit Goldfransen bedeckte, das Blau passend zum Meer draußen.

An der Rezeption arbeitete nur noch eine Person, was Kats Plan entgegenkam.

Ein zweiter Hotelmitarbeiter würde die Chancen auf schwierige Fragen erhöhen. Um sich nicht im Französischen zu verzetteln, begann sie auf Englisch ... mit ausgeprägtem amerikanischen Akzent.

»Guten Abend«, sagte sie freundlich. Der Mann mit dem korrekt geglätteten Haar, der Nickelbrille und dem dünnen Schnauzbart blickte auf.

In einem solchen Hotel muss er Englisch sprechen können.

»Ah, Madame. Einen schönen guten Abend. Was kann ich für Sie tun?«

Schlau. Offenbar wusste er, dass sie kein Gast war.

»Eine Menge, hoffe ich. Es ist nämlich so«, hier senkte sie die Stimme, »ich bin eine Bekannte von Mr Cedric Latimer.«

Der Rezeptionist lächelte immer noch und sah Kat direkt an.

Ihr Plan fußte auf der Tatsache, dass Latimers Zeitvertreib – Spielen und Liebschaften – bekannt war.

»Und er ist noch im Casino.« Kat lächelte breiter. »Hat sogar eine ziemliche Glückssträhne.«

»Ist das so, Madame? Was für großartige Neuigkeiten.«

»Ja, ich weiß! Jedenfalls hat er mich gebeten, ihn hier

in der Halle zu treffen. Nur fürchte ich, bei seinem Glück könnte es noch eine Weile dauern. Deshalb habe ich mich gefragt, ob ich mich vielleicht in seinem Zimmer frisch machen und dort auf ihn warten könnte.«

Hierauf bemerkte Kat zweierlei: Der Mann verengte die Augen, weil die Bitte nicht ganz im Einklang mit seinen Pflichten stand.

Und zugleich huschte sein Blick zur Seite, denn in diesem Moment kam Harry ins Hotel und eilte entschlossen auf einen Korridor gleich hinter der Eingangshalle zu wie jemand, der zu den Aufzügen oder vielleicht den Telefonzellen wollte.

Jedenfalls ist er im Hotel.

Kat fuhr fort. »Sicher wäre Mr Latimer Ihnen überaus dankbar. Diese Nacht entwickelt sich zu etwas ganz Besonderem.«

Kat riss die Augen ein klein wenig weiter auf, um dem Mann zu signalisieren, dass sie genau das andeuten wollte, was er sich dachte.

Und nun spielte sie ihre letzte Karte aus: »Ich könnte Sie natürlich bitten, im Casino anzurufen, damit man Mr Latimer dort ans Telefon holt. Allerdings glaube ich kaum, dass er froh wäre, wenn man ihn jetzt vom Kartentisch wegzitiert.«

Einen Augenblick lang dachte der Mann darüber nach, dass hier eine schöne Frau eine Nacht mit einem glücklichen Gast plante – und nickte.

Er sprach leise, da sie nun quasi Komplizen waren.

»Sehr wohl, Madame.« Er hob einen Arm und schnippte mit den Fingern, woraufhin ein kleiner Page herbeigeeilt kam.

»Louis bringt Sie zu dem Zimmer.«

»Haben Sie vielen Dank!« Ja, Kat war aufrichtig dankbar.

Schließlich hätte diese Sache auch ganz anders ausgehen können.

»Ich werde dem lieben Cedric erzählen, wie hilfsbereit Sie waren, Monsieur …?«

»Thibaut, Madame. Ich bin die ganze Nacht hier, sollten Sie oder Monsieur Latimer noch einen Wunsch haben.«

Elegant drehte er sich zur Wand mit den Schlüsseln um, griff sich einen, bei dem es sich um den Generalschlüssel handeln musste, und gab ihn dem Pagen.

»Chambre huit-cent-trois«, sagte er.

Mit einem letzten Lächeln wandte Kat sich ab und folgte dem Pagen, den sie deutlich überragte, zu den Fahrstühlen.

Wie oft erledigt er wohl diese Art Arbeit?

Der Page öffnete Latimers Tür, und Kat steckte ihm einige Münzen zu, bevor sie in das noch dunkle Zimmer schlüpfte und die Tür hinter sich schloss.

Ein Teil des Plans war noch offen. Und alles könnte scheitern, sollte Cedric aus irgendwelchen Gründen seine Chips einlösen und früher zurückkehren.

Dann würde es spannend werden, sich aus dieser Situation herauszuwinden.

Sie wartete, bis sie hörte, dass der Page den Aufzug zurück nach unten genommen hatte, dann schaltete sie das Licht an.

Es war ein großes Zimmer mit schweren viktorianischen Möbeln. Ein riesiges Bett, zwei Glasflügeltüren, die auf einen schmalen Balkon mit schmiedeeiserner Brüstung führten. Acht Stockwerke tiefer konnte sie das Meer und die Promenade sehen, wo noch alle Straßenlaternen brannten. Rasch zog Kat alle Vorhänge fest zu, damit von draußen kein Licht zu sehen war.

Dann drehte sie sich wieder um und strebte auf einen eleganten Mahagonischreibtisch in der Ecke zu. In der Schublade befand sich ein kleiner Stapel Hotelbriefpapier. Kat nahm einen Umschlag, lief zur Tür und schob ihn halb darunter durch.

Dieser Plan ist nicht unfehlbar, hat aber schon früher funktioniert.

Kat stand vor dem weit offenen Kleiderschrank, in dem eine Auswahl an Tages- und Abendgarderobe hing. Anscheinend war Cedric ein ziemlicher Dandy.

Wo sollte sie anfangen? In dem Moment klopfte es.

Sie ging zur Tür und öffnete sie nur einen Spalt. »Ja?«

»Wie es aussieht, haben Sie etwas fallen lassen«, erklang eine vertraute Stimme.

Sie öffnete die Tür weiter, und Harry kam mit dem Umschlag in der Hand herein.

»Übrigens, was du da unten an der Rezeption gemacht hast, das würde bei einem Mann niemals klappen.« Er wedelte mit dem Umschlag.

»Ich war mir auch nicht ganz sicher, ob es bei mir klappt.«

»Nicht? In einem protzigen Hotel wie diesem? Ich denke, sie kennen Latimers Geschmack sehr gut. Eine schöne Frau an der romantischen Riviera und so …«

Harry blickte sich um. »Hast du schon irgendwas entdeckt?«

»Nein, ich fange gerade erst an.«

»Um unseren großen Shakespeare zu paraphrasieren: Wenn es getan werden soll, wär's gut, es wäre schnell getan.«

Harry ging zum Schreibtisch und nahm sich eine Schublade nach der anderen vor, während Kat ins Bad schaute. Ein Marmorwaschbecken mit vergoldetem

Hahn, säuberlich aufgehängte Handtücher – sonst nichts.

»Kat, sieh mal, was ich gefunden habe.«

Sie lief zurück ins Zimmer. Harry hielt den Papierkorb in die Höhe, der unter dem Schreibtisch gestanden hatte. Und aus dem zog er ein Zeitungsblatt, aus dem hier und da Sachen ausgeschnitten waren.

»Le Figaro von gestern«, sagte Harry. »Voller Löcher.«

»Für den Erpresserbrief?«

»Scheint so.«

»Tja, damit wäre es klar, nicht wahr? Latimer steckt mit drin.«

»Oh ja. Obwohl der eigentliche Hauptgewinn die Fotografien und das Geld wären. Hast du in den Kleiderschrank gesehen?«

»Wollte ich eben, als du geklopft hast.«

Harry nickte und ging hin. Behutsam schob er die Anzüge auf der Stange hin und her.

»Dem Anschein nach hat Cedric vor, länger zu bleiben, so viel, wie er dabeihat. Auch diverse Schuhpaare. Aha, siehst du diesen Hut?«

Kat kam zu ihm und blickte ins obere Fach. Dort lag ein alter, verbeulter Hut.

»Den hatte er gestern in der Altstadt auf«, erklärte Harry. »Vermutlich hat er geglaubt, damit nicht weiter aufzufallen.«

Kat zog die Sachen am anderen Ende der Stange zur Seite und enthüllte einen kleinen, aber sehr stabil aussehenden Wandtresor.

»Ah«, sagte sie. »Falls es in diesem Zimmer Geheimnisse gibt, werden sie da drin sein.«

12. Ein sicheres Versteck

Harry beugte sich neben Kat, um sich den Tresor näher anzusehen. Das Rädchen und der Hebel wirkten sehr stabil.

»Hätte ich heute einen Sack Geld bekommen«, sagte Kat, »würde ich ihn genau da aufbewahren.«

»Stimmt«, pflichtete Harry ihr bei und legte eine Hand auf die Tresortür. »Leider sieht das verdammte Ding ganz schön sicher aus.«

Er sah Kat an, die zuversichtlicher schien als er.

Was ihn eigentlich nicht wundern dürfte. Immerhin hatte sie im Rahmen ihres »diplomatischen Dienstes« für die US-Regierung einen Lehrgang im Tresorknacken absolviert. Und in dem ein oder anderen Fall hatte sich ihr Know-how bereits als nützlich erwiesen.

»Na gut«, sagte er. »Hier verbeuge ich mich vor deiner Erfahrung.«

Grinsend drängte Kat sich näher zu ihm. »Ich brauche ein bisschen mehr Platz. Kannst du vielleicht …?«

Harry ging aus dem Weg, und Kat lehnte sich näher zum Safe, um ihre Wange an die Tür zu legen.

Für einen Moment war nichts zu hören außer dem Geräusch, als ihre Finger sehr langsam an dem Kombinationsschloss drehten.

»Funktioniert's?«

Kat sah zu ihm auf. »Ich denke, ich höre den Mechanismus. Ein wenig Ruhe hilft.«

Nickend fuhr Harry sich mit einem Finger über die Lippen, als würde er sie verschließen.

Sanft drehte Kat an dem Rad: Vorwärts! Zurück! Und endlich vernahm sie ein leises Klicken. Sie drückte den Hebel nach unten – und der Wandtresor öffnete sich.

»Ta-da!«, sagte sie und zwinkerte Harry zu.

»Du beeindruckst mich immer wieder aufs Neue, Lady Mortimer. Noch eine Fertigkeit, die du mir beibringen musst. Also, was ist unser Hauptgewinn?«

Kat spähte in den Tresor, griff hinein und zog einen Umschlag heraus.

Ihr erster Gedanke war: *Zu klein für das Geld von heute.*

»Sonst nichts?«, fragte Harry. Kat verneinte stumm.

Dann öffnete sie den Umschlag, in dem ein Stapel Negative zum Vorschein kam. Sie nahm eines heraus.

»Ist das …?«

Sie hielt es so hin, dass sie beide das Bild im Licht der Zimmerlampe erkennen konnten. Ein Mann. Eine Frau.

Eindeutig in einer innigen Umarmung.

Wie viel Kleidung sie trugen, ließ sich schwer sagen, doch Kat konnte es sich vorstellen.

»Die Fotografien«, sagte Harry. »Aber kein Geld … verflucht! Suchen wir weiter?«

Ehe Kat antworten konnte, hörte sie ein Geräusch: einen Schlüssel, der in die Tür gesteckt wurde.

»Oh-oh«, flüsterte Harry. »Schnell. Versteck dich hier drinnen.«

Mehr Schlüsselbewegung, gefolgt von einem Klicken.

Lautlos stellte Kat die offensichtliche Frage, während sie in den Schrank stieg: »Und du?«

Doch Harry schloss die Schranktüren schon und war fort.

Aus dem Schrank hörte Kat, wie Cedric ins Bad ging, Wasser laufen ließ und zurückkehrte. Dann wurde ein Telefonhörer aufgenommen, gleich danach folgte das leise Rattern der Wählscheibe.

Sie presste ihr Ohr von innen an die Schranktür, um so viel wie möglich von dem Gespräch mitzubekommen.

»Hallo! Ja. Heute Nacht? Lieber nicht … Was meinst du? Diskretion, nicht wahr? Was? Oh ja. Für morgen ist alles bereit. Ich bezweifle, dass der alte Knacker Schwierigkeiten macht.«

Zu gern würde sie Cedric jetzt sehen. All sein schmieriger Charme war einem neuen Ton gewichen: angespannt, kalt, entschlossen.

Offenbar planten sie noch einen Erpresserbrief, wollten einen weiteren Sack Geld kassieren.

Morgen.

Sie bemerkte einen winzigen Spalt zwischen den Schranktüren und linste hindurch, sodass sie einen schmalen Ausschnitt des Zimmers sehen konnte – nur Cedric nicht.

Die Person, mit der er sprach – wer immer das sein mochte –, musste ebenfalls mit drinstecken. Und sie könnte der Schlüssel zum Geld sein.

Die zehntausend Francs, die nirgends in diesem Zimmer zu finden waren.

»Ist gut. Geh lieber wieder zurück. Wir sind fast am Ziel. Bald ist alles vorbei. Morgen. Was? Ja, nach der Übergabe am üblichen Ort.«

Es klackte laut, als er auflegte, und durch den Spalt sah Kat ihn wieder das Zimmer durchqueren.

Für einen Moment dachte sie, er würde zum Kleiderschrank kommen und sich ausziehen. Trotz der vielen Sachen hier drinnen könnte er sie in ihrem blauen Abendkleid unmöglich übersehen.

Für den Fall hätte sie nicht viele gute Erklärungen parat.

Und was ist mit Harry? Was, wenn er unter dem Bett kauert?

Dann jedoch vernahm sie Schritte. Die Zimmertür ging auf und gleich wieder zu.

Cedric ist weg.

Wahrscheinlich dachte er, er könnte nach unten in die Eingangshalle kommen und – falls er Glück hatte – die Frau in Blau zu einem heimlichen Rendezvous treffen.

Kat wartete ein paar Sekunden, dann stieg sie aus dem Schrank, nach wie vor mit dem Umschlag voller Negative in der Hand, und schaute sich nach ihrem Mann um. Sie sah unters Bett.

Nichts.

Die Vorhänge blähten sich in der Meeresbrise.

Hoffentlich versteckt er sich nicht hinter denen.

Doch die Stoffbahnen reichten nicht bis ganz nach unten, und Harrys blanke Abendschuhe wären sofort zu sehen gewesen.

Wo ist er dann?

Sie ging zu den offenen Balkontüren, sah nach draußen, doch da war ihr Mann nicht.

Zwar trat sie an die Brüstung, wagte indes nicht, nach unten zu schauen, weil es acht Stockwerke in die Tiefe ging.

»Äh, ist die Luft rein?«, hörte sie ihn auf einmal von der Seite. Und als sie hinblickte, stand Harry seelenruhig auf dem nächsten Balkon einen Meter entfernt.

»Da bist du!«, sagte sie. »Ich dachte schon, du hättest beschlossen, nach unten zu klettern.«

Harry stieg auf die Brüstung und sprang über die schwindelerregende Schlucht. »Nein, ganz so wagemutig bin ich dann doch nicht. Das Erklettern hoher Gebäude überlässt man lieber den Experten, würde ich meinen. Also, ist der Mistkerl weg? Mir war, als hätte ich ihn reden gehört.«

»Ja, er hat telefoniert. Und ich kann dir nur erzählen, was ich gehört habe. Aber vorher verschwinden wir lieber von hier – für den Fall, dass er niemanden unten in der Eingangshalle antrifft.«

»Ah ja, seine Verabredung mit der schönen Amerikanerin … die sich in Wohlgefallen aufgelöst hat.«

Kat nahm Harrys Hand und zog ihn aus dem Zimmer. »Hier muss es eine Hintertreppe für das Personal geben.«

»Und die Tunichtgute.«

»Oh, die dürften dann wir sein!«

»Ich möchte jedenfalls nicht auf dem Weg nach unten auf Latimer treffen.«

Und so schlugen sie auf dem Korridor sofort die Richtung weg von den Aufzügen ein, die von Pfeilen mit der Aufschrift »Nur Personal« gekennzeichnet war.

13. Wie man einen Erpresser schnappt

Als sie wieder im Negresco waren, öffnete Harry die Tür zu ihrer Suite und ließ Kat den Vortritt, die drinnen sofort ihre Schuhe abstreifte und ins Schlafzimmer ging.

»Dieses Schuhwerk bringt mich um!«

»Es ist aber ein recht ansprechendes Accessoire«, sagte er und kam zu ihr ins Schlafzimmer. »Obwohl ich zugeben muss, dass sie ziemlich unbequem aussehen.«

»Morgen wird ein großer Tag«, sagte sie, während sie den Reißverschluss ihres Kleids öffnete.

»Allmählich denke ich, dass jeder Tag an der Côte d'Azur ein großer ist.«

Er warf seinen Anzug über einen Stuhl und zog sich seinen Pyjama und den Morgenmantel an.

Während Kat sich umzog, ging er zurück in Wohnzimmer, nahm sich zwei hübsche Kristallgläser und schenkte ihnen beiden einen Schluck Whisky von der Bar ein.

»*Santé*«, sagte er und stieß mit Kat an, die in ihrem Seidenpyjama zu ihm kam und, wie er fand, sehr viel eleganter als er aussah. Ja, er würde sogar behaupten, dass sie sich in diesem Aufzug ohne Weiteres in der Öffentlichkeit zeigen könnte.

Nachdem sie beide einen Schluck getrunken hatten,

setzten sie sich in die Ledersessel am Fenster, und Kat berichtete ihm, was Cedric gesagt hatte. »Somit wissen wir also, dass er mit einem ›Eingeweihten‹ gesprochen hat – und sie sich nach der Übergabe ›am üblichen Ort‹ treffen wollen.«

»Hm … aber ist die andere Person männlich oder weiblich?«, fragte Harry.

»Konnte ich nicht heraushören.«

»Und du bist sicher, dass es nicht Capo war?«

»Vollkommen sicher. Das war kein Laufbursche, sondern jemand, der oder die ihm gleichgestellt ist. Vielleicht sogar die Person, die alle Fäden zieht.«

»Aber keinerlei Hinweis, wer es sein könnte?«

»Nein, nur dass sie morgen wieder einen Eimer Geld kassieren wollen.«

Harry hob eine Hand. »Natürlich haben wir jetzt die Negative. Es sieht so aus, als ob die gefürchteten Beweise gegen Percy jetzt in Sicherheit sind.«

»Richtig.«

»Aber wir haben noch ein anderes Problem.«

»Aha?«

»Das Geld. Wir müssen dringend herausfinden, wer das viele Geld hat.«

»Und wie wir es zurückbekommen?«

»Genau«, antwortete Harry. »Irgendwelche Ideen?«

»Die Person am Telefon könnte Simone gewesen sein. Sie arbeitet mit Cedric zusammen und spielt Percy etwas vor.«

»Um an sein Geld zu kommen?«

»Richtig.«

Harry sah auf seine Uhr. »Es ist ein bisschen spät, Percy noch anzurufen. Ich glaube, die nächste Übergabe wird frühestens morgen Nachmittag sein.«

»Also.« Kat nahm einen letzten Schluck aus ihrem

Glas. »Zu Bett, würde ich sagen. Und wie wäre es, wenn wir morgen Vormittag mal Simone besuchen?«

»Exakt mein Gedanke. Falls sie das Geld hat, könnten wir es ihr mit einigem Druck entlocken?«

»Leichter gesagt als getan.«

»Stimmt. Was für so vieles gilt, nicht wahr?« Auch Harry trank aus. »Hattest du etwas von Bett erwähnt?«

Wie Harry bereits erwartet hatte, rief Percy früh am nächsten Morgen an. Es war noch ein Erpresserschreiben gekommen, das versprach, mit einer letzten Zahlung wäre es vorbei. Die Forderung war die bisher höchste: einhunderttausend Francs.

Abermals konnte Harry ihn überreden, das Geld zu besorgen und sich an die Anweisungen zu halten. Widerwillig stimmte Percy zu und versprach, gleich zur Bank zu gehen und es zu holen.

Die Übergabe war anscheinend für den späten Nachmittag irgendwo in Nizza geplant.

Harry hatte entschieden, alles so wie beim letzten Mal zu handhaben.

Mit einem Unterschied.

Anstatt die Übergabestelle zu observieren – wieder mal ein kleines Café –, würden sie sich diesmal bereithalten, Cedric zu verfolgen.

Mit ein wenig Glück brachte Capo ihm das Geld zur selben Stelle – und sollte Cedric es anschließend einem Komplizen aushändigen, konnten sie endlich feststellen, wer es war.

»Es ist ein Plan«, sagte Harry, als sie in ihrem Zimmer einen Kaffee tranken.

»Ist es. Und er ist alles, was wir haben«, antwortete Kat. »Es sei denn, wir haben Glück bei Simone.«

In den kleinen offenen Wagen dauerte die Fahrt nach Antibes kaum eine halbe Stunde. Harry liebte es, an der Küste entlangzufahren, neben ihnen das glitzernde Meer und über ihnen der strahlend blaue Himmel.

Und das morgendliche Antibes war so anders als das Gewimmel in Nizza.

Hier zogen die Straßen sich deutlich enger von der fantastischen Küste weg und waren voller kleiner Läden und noch kleinerer Cafés.

Die Menschen bewegten sich langsam, als versuchten sie mühsam, ihren Tag in Schwung zu bringen.

Männer mit Wassereimern und groben Besen reinigten die Gehwege und Straßen, sodass Duftnoten von den Austern und Röstbraten der vorherigen Nacht aufstiegen.

Einheimische saßen an den Tischen kleiner Cafés und hatten Café au Lait oder *un express* vor sich – vermutlich je nachdem, wie früh am Tag es für sie war.

»Ich könnte auch noch einen Kaffee vertragen«, sagte Harry. »Muss an der vielen Bewegung liegen. Abgesehen von den endlosen Magnumflaschen Champagner und den nächtlichen Cocktails, denke ich, dass dieses, ähm, Ermitteln an der Riviera viel gesünder ist als in unserem kleinen Dorf.«

»Ich bin nur froh, in normaler Straßenkleidung zu sein. Letzte Nacht kam ich mir vor wie ein Teil einer Weihnachtsdekoration.«

Harry lachte. »Aber der schönste Teil, den ich je gesehen habe.«

Grinsend sah sie zu ihm.

Schließlich erreichten sie Simones Adresse. Die hatte ihnen Wyndham von einem seiner »praktischen Kontakte« besorgt. Bis auf die gotischen Steinköpfe auf jedem Stockwerk und einigen Wasserspeiern ganz oben, die vielleicht an die zahllosen Kirchen und Kathedralen erinnern sollten, war es ein unscheinbarer Bau.

Keine Concierge, soweit Harry es beurteilen konnte, was gut war.

Unten im Eingangsbereich roch es nach einem Dutzend unterschiedlicher Gerichte vom Vorabend, und dort hing auch eine Liste mit den Namen und Wohnungsnummern der Bewohner.

»Da ist sie«, sagte Kat. »S. Sorel. 237.«

»Was bei euch die dritte Etage wäre.«

Sie wandte sich zu ihm. »Ist dir klar, dass ich in einigen Hauptstädten im Ausland gearbeitet habe?«

»Stimmt, ja, das hätt ich fast vergessen.«

Da es keinen Aufzug gab, ging Kat voraus die Treppe hinauf.

Als sie Simones Stockwerk erreicht hatten, bemerkte Harry jemanden in der Mitte des langen Korridors. Der junge Mann stand vor einer Tür, redete und nickte. Er war allerdings zu weit weg, um etwas zu verstehen.

Muss nicht zwingend mit Simone zu tun haben.

Trotzdem zogen Kat und er sich in den Treppenaufgang zurück.

Dann drehte der Mann sich um und begann in ihre Richtung zu eilen. Er hatte einen Umschlag in der Hand.

»Ich schlage vor, dass wir losgehen, als würden wir hier wohnen«, flüsterte Harry.

Kat hakte sich bei ihm ein, und sie gingen dem Mann entgegen.

Dabei musterte Harry den Kerl unauffällig. Er hatte langes dunkles Haar und war wie ein Arbeiter aus einer Fabrik oder von einer Farm gekleidet.

Und der Umschlag war ein gewöhnliches Geschäftskuvert, obwohl der Mann ihn so fest hielt, als wäre der Inhalt sehr wichtig oder wertvoll.

Im Vorbeigehen rempelte er Harry ungeschickt an.

»*Excusez-moi*«, sagte Harry, und sie gingen weiter. Harry überprüfte die Zimmernummern und stellte bald fest, dass der Mann tatsächlich an Simone Sorels Tür gewesen war.

Er wollte schon klopfen, da vernahm er schnelle Schritte hinter sich.

Harry drehte sich um und erblickte den Mann nur ein paar Meter entfernt, der mit erhobenen Fäusten auf sie zustürmte, das Gesicht wutverzerrt, und brüllte: »*Anglais! Je vous tuerai!*«

Kat schwang sich zur Seite und hob unwillkürlich eine Hand zum Schutz, als der Fremde in sie beide hineinrammte.

In ihrem Fall nach hinten sah sie noch, dass Harry den heftigeren Schlag gegen die Brust kassierte und rückwärtsstolperte. Der Angreifer warf sich seitlich an die Wand des Korridors, bevor er abermals nach vorn stürmte.

Diesmal waren Harry und sie bereit.

Kat stellte einen Fuß vor, und während der Fremde die Balance verlor, packte Harry ihn und drückte ihn grob an die Wand.

Innerhalb einer Sekunde hatte Harry seinen Unterarm im Nacken des Mannes und zog ihm mit der freien Hand den Arm auf den Rücken und nach oben.

Der andere schrie auf vor Schmerz. Gleichzeitig flog Simones Tür auf, und Kat sah, wie die Sängerin entsetzt hinausschaute.

»Lass ihn los!«, kreischte sie und stürzte sich nun ihrerseits auf Harry.

Kat schritt schnell ein, zog die Frau weg und drehte

sie um, bevor sie ihre Arme nach unten drückte. »Simone! Aufhören! Wir sind es!«

Zunächst rührte sich niemand, alle waren verstummt. Sie standen nur atemlos da, erschrocken über den plötzlichen Tumult auf dem Korridor.

Doch ehe Kat etwas sagen konnte, hörte sie eine Stimme aus der offenen Tür hinter sich.

»Simone, *ma chérie?* Was ist denn da draußen los?«

Kat blickte sich um und erkannte den Mann, der aus Simones Wohnungstür blickte: Percy.

»Ah, was für eine, äh, nette Überraschung«, sagte Percy, blinzelte hektisch und lächelte. »Sir Harry. Lady Mortimer. Ich habe nicht erwartet, Sie hier zu sehen.«

Kat schaute verwundert zu Harry, der nur mit den Schultern zuckte. Hinter ihm erschienen nun einige Nachbarn auf dem Korridor.

»Hallo, Percy«, sagte sie. Dann ließ sie Simones Arme los und trat zurück. »Wollen wir vielleicht nach drinnen gehen? Dort können Sie uns erklären, was hier los ist, Simone.«

Die Sängerin verdrehte die Augen, als wäre es ihr überaus lästig. »Kommen Sie rein. Ich … wir haben nichts zu verbergen!«

Für Kat klang es zu schrill, um der Wahrheit zu entsprechen.

Simone bot ihnen nicht an, sich zu setzen, weshalb sie mitten im Zimmer standen, als wären sie spontan vorbeigekommen, um ihr Bürsten oder die Rettung ihrer verdorbenen Seele zu verkaufen.

Kat schaute sich in der kleinen Wohnung um: eng, aber gemütlich, und wahrscheinlich gab es ohnehin nicht genug Sitzgelegenheiten für sie alle.

Dann sah sie zu ihrem Angreifer. Er lehnte an einem

kleinen Waschbecken in der Ecke, rieb sich das Handgelenk und hatte den Kopf geneigt, sodass sein langes Haar das Gesicht halb verhängte.

Und immer noch blickte er Harry und Kat wütend an.

»Möchten Sie uns Ihren Freund nicht vorstellen?«, fragte Kat die Sängerin.

»Famose Idee! Er hat es auf dem Korridor vergessen«, sagte Harry, und Kat musste sich ein Lachen verkneifen.

»Mein Bruder Paul«, antwortete Simone. »Er ist nur ein armer Fischer und spricht wenig Englisch.«

»Na schön. Und würden Sie uns verraten, warum er uns angegriffen hat?«, fragte Harry.

Kat wartete, während Simone sehr schnell auf Französisch mit ihrem Bruder sprach, noch dazu in einem starken Dialekt. Es endete damit, dass der junge Mann mit den Schultern zuckte und den Kopf schüttelte.

»Er sagt, dass er Sie für jemand anderen gehalten habe«, erklärte Simone.

Kat nickte, obgleich sie um nichts klüger war. Sie wandte sich zu Percy.

»Percy, wollen Sie uns bitte darüber in Kenntnis setzen, was Sie hier machen? Wir dachten, Sie gingen das Geld holen?«

»Ich, äh, wollte vorbeischauen«, antwortete er, »bevor ich zur Bank gehe, verstehen Sie? Um meiner Simone zu versichern, dass Sie diesmal die Erpresser schnappen würden.« Dann senkte er die Stimme, als wäre das, was er als Nächstes sagte, viel verlangt. »Und dem ein Ende machen.«

Kat sah wieder zu Harry. Sie war sich ganz und gar nicht sicher, was hier vor sich ging.

»Ich kann Ihnen erzählen, Percy, dass wir den Mann belauscht haben, von dem wir wissen, dass er Sie erpresst. Er hat mit jemandem telefoniert. Wahrscheinlich ein Komplize.«

Harry ließ die Worte einen Moment wirken. »Und eventuell kennen Sie ihn sogar. Es ist ein gewisser …«

Weiter kam er nicht, denn Simone fauchte den Namen geradezu: »Cedric Latimer.«

»Latimer!«, rief Paul plötzlich vom Waschbecken aus. »Ich töte ihn!«

Und nun begriff Kat, dass Paul ihren Mann für den Erpresser gehalten hatte. Sie wandte sich wieder Simone zu. »Warten Sie mal. Sie haben es gewusst?«, fragte sie. »Sie wussten bereits, wer den Mann erpresst, den Sie angeblich lieben?«

Simone schüttelte den Kopf. Es war schwer, die Gefühle der Sängerin einzuschätzen, doch eines fiel Kat auf: Simone sah aus, als säße sie in der Falle.

»*Non!* Nicht ›angeblich‹. Ich liebe Percy. Es ist nur so, so …«

Percy stand auf und nahm Simone in die Arme. »Es ist vielleicht besser, wenn ich es erkläre. Es ist recht kompliziert. Diese guten Leute wollen uns helfen und verdienen, alles zu hören.«

Und Kat zumindest stimmte ihm voll und ganz zu.

Percy holte tief Luft, als müsste er sich für das wappnen, was nun kommen sollte. Seine Brust blähte sich wie ein Blasebalg, ehe er sein Versprechen wahr machte.

14. Die Wahrheit über eine ungewöhnliche Liebschaft

Es ist so, dass dieser Latimer auf Simone zukam und ihr seinen ›Plan‹ erörterte, mich mit ihrer Hilfe zu erpressen. Es muss ungefähr eine Woche nach meiner Ankunft hier gewesen sein. Zu der Zeit kannten wir uns natürlich noch nicht.« Percy räusperte sich. »Und, ähm, sie war einverstanden.«

Kat sah zu Simone. »Sie waren *einverstanden?* Mit einer Erpressung?«

Simone hatte den Blick gesenkt und nickte verhalten. Wahrscheinlich fühlte sie sich verurteilt, und da irrte sie nicht.

»Unsere Mutter ist sehr gebrechlich …«, begann Simone mit einem Nicken zu ihrem Bruder. »Sie wohnt in einem kleinen Fischerdorf ein Stück die Küste entlang. Sie ist arm. Sie hat nichts. Und sie ist furchtbar *malade.* Die Ärzte, das Krankenhaus – alles ist sehr teuer. Ich hätte nie so einer Sache zugestimmt, wäre *Maman* nicht.«

Hier warf Harry ein: »Wir haben gesehen, dass Sie Ihrem Bruder etwas gegeben haben.«

»Ja, wenn ich kann, gebe ich Paul von meiner Gage

etwas ab für meine Mutter, und sogar mein lieber Percy hat geholfen.«

»Wie könnte ich nicht?«, fragte Percy, als wäre solche Großzügigkeit selbstverständlich.

Immer noch wartete Kat auf die Erklärung, wie Simone von der Komplizin des Erpressers zu seinem Opfer werden konnte.

Falls es denn so geschehen ist.

»Doch obwohl ihre Mutter schrecklich in Not ist, konnte Simone nicht so weitermachen. Und ich glaube, die Dinge hatten sich geändert.«

An dieser Stelle sah Simone ihn direkt an. »Schon bald, nachdem wir uns kennengelernt hatten, habe ich erkannt, was für ein lieber Mann Percy ist. Und bald wuchsen meine Gefühle für ihn, wurde es Liebe. Ich habe zu Latimer gesagt, dass ich aufhören muss, dass alles vorbei ist. Aber *non* – er hat diesen Mann …«

»Capo?«, fragte Harry.

»Ja, diesen Capo.« Simone spuckte den Namen fast aus. »Er ist böse. Er hat gesagt, wenn ich es Percy erzähle oder zur Polizei gehe, passieren schlimme Sachen.«

Allmählich begriff Kat, in welcher Situation Simone war.

Und sie fing an … ihr zu glauben.

»Aber am Ende wusste ich, dass ich es nicht mehr konnte«, fuhr die Sängerin fort. »Diese Lügen. Die Täuschung. Deshalb habe ich Percy heute Morgen gebeten herzukommen und ihm alles erzählt.«

An diesem Punkt stellte Kat fest, dass sie sehr viele Fragen hatte. Und die drängendste war: »Heute Morgen? Warum sind Sie dann nicht zur Polizei gegangen?«

»Die Polizei? Dann wäre ich ruiniert!«, antwortete Percy. »Der Vorstand würde mich aus meiner eigenen

Firma werfen. Und die Scheidung, der Skandal, es wäre unerträglich und so hart für meine liebe Simone.«

Percy nickte Simone zu und tätschelte ihre rechte Hand.

Kat fragte sich, ob das ungewöhnliche Paar noch mehr Enthüllungen in petto hatte. Aber sie begann die beiden zu mögen … Vielleicht war es ja wahrhaftig die große Liebe.

Doch nun, da die Wahrheit ans Tageslicht gekommen war, hielt Kat es für nötig, ihnen zu erzählen, was sie herausgefunden hatten.

»Sir Harry und ich haben entdeckt, dass Latimer neben Capo noch einen weiteren Komplizen hat. Doch wir konnten noch mehr finden, und das dürfte Sie ein wenig erleichtern.«

Das Paar sah sie mit glänzenden Augen an. Beide schienen den Tränen nahe – oder dem Küssen oder beidem.

»Wir konnten uns in Latimers Hotelzimmer im Winchester Hotel einschleichen …«

Hierauf ließ Percy Simones Hand los und klatschte, als gäbe es einen Triumph zu feiern.

»Sie haben das Geld gefunden!«

Harry fuhr fort: »Nein, das Geld leider nicht. Aber wir fanden die Negative. Was immer Latimer gegen Sie in der Hand hatte, ist null und nichtig. *Disparu,* wie es hier heißt.«

Obwohl Percy enttäuscht aussah, rang er sich ein Lächeln ab und bemühte sich, freudig auf die Nachricht zu reagieren. Sein Glas war halb voll …

»Das … ist wunderbar. Es bedeutet, dass uns nun zumindest kein Skandal mehr droht.«

Doch dann sackte er resigniert in seinen Sessel.

»Dennoch – all das Geld ist verschwunden! So viel

Geld. Und heute Nachmittag verlangen sie mehr, angeblich eine letzte Zahlung. Aber warten Sie – ich muss das gar nicht mehr so hinnehmen, oder?«

An diesem Punkt war es an Harry, Kat zu überraschen, denn er legte eine Hand auf Percys Schulter, als könnte er dem Mann Kraft geben.

»Darüber habe ich nachgedacht, Percy. Und auch wenn ich es noch nicht mit meiner Frau besprochen habe, halte ich es für das Beste, wenn Sie bezahlen.«

»Wie bitte?«, fragten Percy und Simone im Chor.

»Und Lady Mortimer und ich schmieden einen Plan, wie wir Ihr *gesamtes* Geld zurückholen. Die Negative haben wir bereits, und wenn Sie Ihr Geld wiederhaben, dürfen wir wohl von einem recht gelungenen Urlaub an der Côte d'Azur sprechen.«

Percy sah alles andere als überzeugt aus. Und nachdem die Erpresser kein Druckmittel mehr in der Hand hatten, dachte er sich gewiss: *Nimm die Verluste hin, aber gib den Erpressern nicht noch mehr Geld.*

Er stellte die offensichtliche Frage: »Wie wollen Sie das anstellen?«

Harry wandte sich an Kat und schien äußerst zuversichtlich. »Das habe ich noch nicht ganz raus, aber ich bin sicher, wenn Lady Mortimer und ich gemeinsam überlegen, fällt uns sicher eine Strategie ein.«

Angesichts der zweifelnden Mienen von Simone und Percy ergänzte Kat: »Vertrauen Sie Sir Harry. Was Pläne angeht können Sie auf ihn zählen, und auf sein Wort ist immer Verlass.«

»Ich würde lieber gar nichts mehr zählen, erst recht keine Geldbündel«, murmelte Percy.

Kat blickte zu Harry. Es war ein hoher Einsatz.

»Verraten Sie uns, wie die Anweisungen für die

Übergabe heute Nachmittag genau lauten«, bat Harry ihn. »Dann können wir mit der Planung loslegen.«

Harry schaute zu dem breiten Gehweg an der Küste von Antibes. »Lust auf einen Spaziergang, ehe wir zurückfahren?«

»Auf jeden Fall bin ich sehr neugierig auf deinen Plan!«

Er lachte. Die Morgensonne versah die Wellen mit goldenen Paspelrändern, und Harry holte seine Sonnenbrille hervor.

Manchmal kann die Riviera ein wenig zu hell sein. Ganz besonders am Vormittag.

»Plan? Oh, ich fürchte, ich habe noch keinen. Eigentlich verlasse ich mich eher auf deine außergewöhnlich vielseitigen Fertigkeiten und Ideen, um einen zu entwerfen.«

»Das dachte ich mir«, antwortete Kat lachend. »Tja, für einen Plan sollten wir zunächst einmal die Ziele definieren.«

Harry blieb stehen. Ein altes Ehepaar ging Arm in Arm an ihnen vorbei, beide ein bisschen zu sehr herausgeputzt für diese Hitze, wie Harry fand. Und an einer schmalen Leine führten sie einen winzigen Hund mit sich. Hätte sich das Wesen nicht bewegt, Harry hätte es für einen Mopp gehalten.

Er nickte ihnen höflich zu und wartete, bis sie vorbei waren, bevor er fortfuhr: »Genau, Ziele sind immer gut. Und die wären?«

»Herausfinden, wer die ganze Sache mit Latimer leitet, beide aus dem Verkehr ziehen, und danach lauert die richtig schwierige Aufgabe: Percys Geld wiederbekommen. Kommt das ungefähr hin?«

»Und ob!«, antwortete Harry. »Und wenn man es so formuliert … Was könnte leichter sein?«

Kat lachte. »Genau.«

Sie gingen weiter, und dank der Sonnenbrille bekam für Harry alles einen gedämpften Pastellton. Kat hakte sich bei ihm ein.

Er sah zu einem anderen Paar, das in einem der Cafés saß.

Wie nett wäre es, könnten Kat und ich diesen herrlichen Tag einfach nur genießen.

Stattdessen hatten sie Wichtiges zu erledigen.

»Du zuerst«, sagte er.

»Meinetwegen. Was ist ihre Schwachstelle? Ich würde sagen … dass sie berechenbar sind.«

»Du hast recht«, sagte Harry. »Jede Übergabe findet nach demselben Muster statt. Das können wir heute nutzen, um ihnen zu folgen.«

»Sonst noch Schwächen?«

Für einen Moment blickte Harry hinaus aufs Meer.

»Latimer«, antwortete er schließlich. Ihm gefiel, wie Kat es anging. »Wir wissen, dass er gern spielt. Und hohe Einsätze mag. Und sogar unbesonnen sein kann.«

»Ich wette, dass er keinen Abend verpasst.«

»Ja, und wir wissen auch, dass er eine Schwäche für Frauen hat.«

»Nennt man das so?«

»Ich glaube, ja.« Harry lachte. »Also, wenn die heutige Geldübergabe die letzte sein soll, wäre abends im Casino unsere Chance, alles zurückzuholen, oder?«

»Ja.«

Einige Minuten lang gingen sie schweigend weiter und nickten höflich anderen Spaziergängern zu. *Wie ein normales Paar, das die warme Seeluft in Antibes genießt.*

Wenn die wüssten!

Plötzlich blieb Kat stehen und drehte sich zu ihm. »Ich glaube, ich habe einen Plan.«

»Hast du?«

»Ja, denke ich. Der braucht allerdings einiges an Vorbereitung. Und Glück. Eine Menge Glück. Und … ziemlich viele Lügen. Vielleicht ein wenig Schummeln.«

»Na dann, klingt alles nach Spaß.«

»Spaß, oh ja! Aber nicht ohne Risiko.«

»Noch besser.«

»Wir werden Hilfe brauchen. Glaubst du, dein Freund Wyndham wäre dabei?«

»Ganz sicher, egal was es ist!«

»Und wir müssten auch Roscoe auftreiben. Meinst du, das ginge?«

»Können wir gewiss.« Harry lächelte noch, als sie kehrtmachte, immer noch bei ihm eingehakt.

»Ich liebe deinen Optimismus. Fahren wir lieber zurück nach Nizza. Wir müssen noch eine Menge arrangieren, ein paar Gefallen erbitten, und es bleibt wenig Zeit.«

Jetzt merkte Harry, dass Kat es wirklich eilig hatte.

»Genial«, sagte er.

»Das sagst du dauernd.«

»Nein, diesmal meine ich es ernst. Wahrlich genial. Das Spiel beginnt, Watson, und …«

»Ich muss doch sehr bitten!«, fiel Kat ihm ins Wort. »Mir steht ja wohl die Rolle von Sherlock zu. Und du bist mein bezaubernder, knuddeliger Watson.«

»Wenn es ans Knuddeln geht, du weißt ja, dass ich alles tun würde.«

Nach einem raschen Kuss zog Kat ihn eilig weiter.

Ihnen stand ein Spiel mit einem sehr hohen Einsatz bevor, wie Harry bewusst war …

Und echte Gefahr.

15. Immer dem Geld nach

Kat saß im Schatten des winzigen Cafés in der Rue Rossetti – ihre Sonnenbrille und ihre neu erworbene Baskenmütze auf, die sie tief in die Stirn gezogen hatte – und linste über ihre Ausgabe des *Figaro* hinweg zur Liberty Bar gegenüber.

Vor einer Stunde war sie Latimer hergefolgt – zur selben Zeit, zu der Percy seinen Koffer an einem neuen Übergabeort am anderen Ende von Nizza deponiert hatte.

Bisher war nichts von Capo zu sehen, dabei hatte ihr Harrys Verdacht, dass eine Nachmittagsübergabe eine direkte Aushändigung nahelegte, durchaus eingeleuchtet.

Bei dem Gedanken an Harry sah sie die Straße hinauf zum Altstadthügel, wo er auf Beobachtungsposten war.

Sie nahm ihr Weinglas auf und prostete ihrem Mann dezent zu, bevor sie einen Schluck nahm und wieder auf die gegenüberliegende Seite der dunklen Gasse sah.

Manche haben's gut, dachte Harry oben auf dem Burghügel, als er Kat durch Wyndhams hervorragendes Fernglas beobachtete.

Hier oben ist es brütend heiß, und ich hätte jetzt wirklich nichts gegen ein kaltes Bier.

Er rieb sich die Augen und hielt sich das Fernglas wieder vor die Augen. Keiner von ihnen durfte sich den kleinsten Ausrutscher leisten, denn der Plan stand und fiel damit, dass sie nichts aus dem Blick verloren.

Ihm kam ein Robert-Burns-Gedicht aus seiner Schulzeit in den Sinn: *Die besten Komplotte von Mäusen wie Menschen, wie oft doch gehen sie schief.*

Und was Kat und er geplant hatten, war eindeutig ein Komplott.

Nach einem arbeitsreichen Nachmittag waren sie sich am Ende einig gewesen, dass es funktionieren sollte. Andererseits hatten sie beide solche Sachen schon oft genug gemacht, um zu wissen, dass auch die besten Pläne selten den Praxistest überlebten – nicht nach echtem Feindkontakt.

Und ihr Feind war jetzt gerade in dem dunklen Hinterzimmer der Liberty Bar und wartete – wie Kat und Harry – auf das Motorgeräusch der Gnome Rhône.

Das bald erklingen müsste.

Kat sah auf die Rechnung, die ihr der mürrische Kellner hingeschleudert hatte, und legte einige Münzen auf den kleinen Teller. Der Mann hatte gewirkt, als wollte er die Fremde, die ewig bei ihrem einen Glas Wein hockte, dringend loswerden. Und ihnen ging wirklich die Zeit aus.

Dann hörte sie endlich den röhrenden Klang des Motorrads, das sich näherte. Schnell näherte.

Sie sank tiefer in ihren Stuhl, den Blick auf die Liberty Bar fixiert. Die Gnome Rhône wurde beständig lauter, bis sie am Ende der schmalen Straße auftauchte und direkt in Kats Richtung gefahren kam.

Wie aufs Stichwort flog die Tür der Bar auf. Latimer trat heraus und schirmte seine Augen mit einer Hand vor der Abendsonne ab.

Capo bremste scharf, seine Zigarette wie immer im Mundwinkel, und nahm seine Schultertasche ab, um einen Koffer herauszuziehen.

Das war eindeutig Percys Koffer, beladen mit hunderttausend Francs.

Er gab ihn Latimer, der ihn sofort öffnete und den Inhalt überprüfte. Wortlos schloss er den Koffer wieder und machte sich auf den Weg durch die kleine Straße – auf Kat zu.

Rasch hob sie die Zeitung hoch, um sich zu verhüllen, beobachtete allerdings, wie er die Ecke der Rue Rossetti erreichte, in der es von abendlichen Einkaufenden nur so wimmelte.

Latimer blieb stehen und schaute sich um, ob ihm jemand folgte, bevor er durch die Menge zum Hügel strebte.

Zur Burg.

Kat wartete – bis Capo sein Motorrad gewendet hatte und weggefahren war –, bevor sie aufstand, die Zeitung liegen ließ und Latimer folgte.

Bisher verlief alles nach Plan.

Harry kniete neben einem der bescheideneren Grabsteine mit einem kleinen Blumenstrauß davor.

In seinem geliehenen Overall, den Stiefeln und der Schirmmütze sah er wie ein Arbeiter aus, und er war sicher, dass keiner der wenigen Besucher ihn auffällig fände.

Das Grab, das er sich ausgesucht hatte, hatte keinen der prächtigen Grabsteine oder Minitempel aufzuweisen, die in langen Reihen in dem ummauerten Garten standen und denen die Schatten der hohen Zedern einen fast ägyptischen Hauch verliehen. Es war vielmehr die letzte Ruhestätte eines Pierre le Blanc, *armer Kerl*, der nicht vermögend gewesen sein konnte. Doch sie lieferte die optimale Aussicht auf den Friedhofseingang und war zugleich ein gutes Versteck, weil davor eine dichte Buschreihe stand.

Aus Gewohnheit griff Harry nach dem Holster, in dem sein Revolver saß – gut versteckt unter dem Overall und leicht zu erreichen.

Falls irgendwas schiefging, waren zumindest wenige Unbeteiligte in der Nähe, die ins Kreuzfeuer geraten konnten. Bisher hatte er nur eine Handvoll anderer Trauernder zwischen den Gräbern gesehen.

Wieder blickte er sich auf dem Friedhof um und sah Latimer, der plötzlich am Eingang auftauchte und sich umschaute, als müsste er sich orientieren, ehe er direkt auf ihn zusteuerte!

Harry machte ein, wie er hoffte, glaubwürdiges Kreuzzeichen, hob die gefalteten Hände an sein Gesicht, als wäre er ins Gebet vertieft, und drängte sich näher an den Grabstein.

Es war seine beste Chance, sich unsichtbar zu machen.

Würde Latimer ihn dennoch erkennen? Sie waren einander nie vorgestellt worden, doch der Erpresser war auf der ersten Party in Antibes gewesen und könnte ihn dort mit Kat zusammen gesehen haben.

Aus dem Augenwinkel sah er Latimer nur Meter entfernt auf dem Weg nahen, die Tasche über der Schulter. Er blickte nicht einmal nach unten, als er an Harry vorbei auf das andere Ende des Friedhofs zuging.

Unwillkürlich schaute Harry zurück zum Friedhofstor – gerade rechtzeitig, um Kat auszumachen, die durchs Tor huschte und hinter den Gruften verschwand, damit Latimer sie nicht bemerkte.

Harry stand auf und blickte an dem Grabmal vorbei. Latimer war jetzt fünfzig Meter entfernt und lief noch weiter. Harry eilte geduckt nach links zu einem Parallelweg. Ihm war bewusst, dass Kat sich auch dort befand.

Bald hatte sie ihn eingeholt, und beide blieben geduckt.

»Dein Aufzug gefällt mir«, sagte er, als sie bei ihm war.

»*Très chic*, nicht wahr?« Sie rückte ihre Baskenmütze zurecht. »Wo ist Latimer?«

»Am anderen Ende des Friedhofs. Komm mit! Ich habe eine Abkürzung an dem Zeustempel vorbei gefunden.«

Im Zickzack lief er an der kleinen Kapelle vorüber und stieß beinahe mit einer alten Frau zusammen, die sich mit einer Hand auf einen Grabstein stützte und einen schwarzen Schleier vor dem Gesicht hatte.

»Bonsoir, Madame«, sagte Kat höflich, als sie an der Frau vorbeiliefen.

»Bonsoir«, erwiderte die alte Dame streng.

In der Ferne konnte Harry immer noch Latimer sehen, der nun stehen geblieben war, die Tasche in der Hand hielt und mit jemandem sprach, der im Schatten stand. Aber mit wem?

Mit Kat dicht hinter sich eilte Harry nach links und nutzte ein anderes Grabmal als Deckung. Auf dem breiten Sockel stand eine Marmorfigur von zwei sich umarmenden Engeln. Würden die schmalen Spalten eventuell einen klareren Blick erlauben?

Harry drückte sich eng an den glänzenden Stein und neigte sein Gesicht zu Kat.

»Wollen wir es wagen?«, fragte er.

»Immer doch«, antwortete Kat.

Gemeinsam drehten sie sich um und richteten sich langsam auf. Kaum waren sie auf Augenhöhe mit der Skulptur, konnte Harry sehen, mit wem Latimer sprach – wen er in den Armen hielt …

Eine Frau.

Elegant gekleidet, das Haar nach hinten aufgesteckt, älter als Latimer.

»Wie merkwürdig«, sagte Harry.

»So viel zum großen Drahtzieher.«

»Ich frage mich, wer sie ist?«

»Oh, das kann ich dir verraten.«

»Kannst du?« Verwundert sah Harry seine Frau an.

»Ja«, antwortete Kat. »Das ist Lady Alice Nantwich.«

»Wie bitte? Percys Frau?«

»Würde man nie glauben, so, wie sie sich verhält«, sagte Kat.

Wieder blickte Harry zu dem Paar … das sich nun leidenschaftlich küsste.

»Wer hätte das gedacht!«, murmelte Harry.

Beide hockten sich wieder hinter das Grabmal.

»Auf einmal ergeben eine Menge Dinge einen Sinn, die ich vorher nicht recht verstanden habe«, sagte Harry.

»Geht mir genauso.«

»Wir könnten sie einfach überwältigen und der hiesigen Gendarmerie übergeben.«

»Könnten wir, aber, wie Percy schon sagte, dann wäre er ruiniert.«

»Stimmt. Und wir bekommen vielleicht nie sein Geld zurück.«

»Außerdem hatte ich mich wirklich auf die kleine Vorstellung heute Abend gefreut.«

»Oh ja, ich mich auch«, sagte Harry. »Die können wir auf keinen Fall absagen.«

»Dann komm! Vorhang auf um acht?«

Harry nahm ihre Hand, und zusammen schlichen sie sich vom Friedhof, wo die Abendsonne den Marmor in ein sattes Dunkelrot tauchte.

16. Vom Geben und Nehmen

Kat stieg aus dem Taxi und gab acht, wo sie mit ihren hohen Absätzen auf der hölzernen Pier hintrat, als sie zur anderen Wagentür eilte, als wollte sie Harry beim Aussteigen helfen.

Ein Portier des Casinos kam herbeigelaufen.

»Madame, erlauben Sie bitte«, sagte der Mann und stützte Harrys Arm. Der Taxifahrer reichte Harry seinen Gehstock.

»Braucht Ihr Vater noch weitere Hilfe, Madame?«, fragte der Portier.

Kat sah Harry an – weißes Haar, runde Brille, gebeugte Schultern, verblichener Smoking, Schnauzbart und Elfenbeingehstock – und bemühte sich, nicht zu schmunzeln.

»Was meinst du, Papa?«, fragte sie mit einem süßen Lächeln. »Soll dir dieser nette Herr helfen?«

Harry blickte zum hell erleuchteten Casino, aus dem Musik und Lachen drang.

Seine Stimme klang beinahe witzig heiser und zittrig. »Oh, es geht schon, meine Liebe«, antwortete er und nahm ihre Hand. »Mit deiner Hilfe, gutes Kind.«

Und gemeinsam schritten sie langsam auf das Casino zu.

Sie boten einen herrlichen Anblick: eine pflichtbewusste Tochter, die ihrem betagten Vater ein wenig Spaß an den Spieltischen gönnen wollte.

Am Eingang blieb Harry stehen, als müsste er verschnaufen, und schaute sich aufmerksam um – zu den Türen, Fenstern, Treppen und Ausgängen.

In der Ecke bei der Garderobe sah er Wyndham an einer Marmorsäule lehnen und lenkte Kat auf seinen neuen Freund zu, wobei er es aussehen ließ, als würde sie ihn führen.

»Ich muss schon sagen, Harry«, sagte Wyndham, der grinsend den Kopf schüttelte. »Verteufelt gute Kostümierung. Ich habe Sie gar nicht auf Anhieb erkannt.«

»Das haben wir Roscoe zu verdanken«, antwortete Kat. »Er hat eine Stunde bei uns im Hotel damit verbracht, Harrys ›Figur zu bauen‹, wie er es nannte.«

»Der junge Mann ist ein wahrer Glücksgriff«, sagte Wyndham. »Er hat das Spiel schon so in Schwung gebracht, wie Sie es wollten.«

»Haben Sie Kontakt zu Latimer aufnehmen können?«, fragte Harry.

»Ha, wir sind bereits alte Freunde«, antwortete Wyndham. »Sobald ich ihm mein ›Geheimnis‹ von dem manipulierten Tisch verraten habe und ihm – gegen ein gewisses Salär – angeboten habe, dort mitzuspielen, hat er den Köder geschnappt.«

»Hervorragend! Wo ist er jetzt?«, fragte Kat, und Harry sah, dass sie sich umschaute.

»Keine Sorge, er ist nur kurz auf der Veranda, um frische Luft zu schnappen – oder vielmehr seine bisherigen Gewinne zu zählen.«

»Also läuft alles nach Plan?«, fragte Kat.

»Wie am Schnürchen. Wir haben beide schon zigmal

gewonnen, und er bringt immer mehr Chips zum Tisch.«

»Ist Percys gesamtes Geld im Spiel?«, fragte Harry.

»So wie der Chipsstapel wächst, würde ich sagen, ja«, antwortete Wyndham. »Jedenfalls hat Roscoe die Karten und die Gewinne wie geplant arrangiert, und Latimer saugt es förmlich auf. Die Bank gewinnt übrigens nichts.«

Harry grinste Kat an. »Was meinst du? Zeit für meinen Auftritt?«

»Hört sich so an«, antwortete sie.

»Sehr gut«, sagte Wyndham. »Also, in dem Moment, in dem ich Sie kommen sehe, Harry, werde ich mich entschuldigen, meine Gewinne einsammeln und Ihnen meinen Platz am Tisch überlassen. Latimer wird gar keine Zeit haben, sich zu wundern, wohin ich bin – oder warum. Er wird sich viel zu sehr für Sie interessieren, Sie für jemanden halten, den er ausnehmen kann wie eine Weihnachtsgans. Und ich muss sagen, dass mir noch kein glaubwürdigeres Opfer begegnet ist!«

»Exzellente Arbeit, alter Knabe.« Harry klopfte ihm auf die Schulter. »Dann gehen Sie vor. Bis gleich am Ort des Geschehens!«

Nun wandte Harry sich an Kat. »Wie sehe ich aus?«

Sie neigte sich näher zu ihm und richtete sein Jackett über dem Holster, bevor sie ihn auf die faltige Wange küsste.

»Ach, Papa«, sagte sie. Ihre Augen blitzten. »Verspiele bitte nicht das Familienvermögen.«

»Ich werde mein Bestes tun, mein Engel«, antwortete Harry mit zittriger Stimme. Dann flüsterte er: »Wir treffen uns auf der anderen Seite, ja?«

»Auf der anderen Seite«, bestätigte Kat und ließ ihn allein.

Er beobachtete, wie sie zur Treppe und hinauf zur Galerie ging. Ihr langes türkises Kleid, der glitzernde Schmuck und die kleine goldene Handtasche schimmerten im Licht der Kronleuchter.

Schließlich tippte Harry mit seinem Gehstock auf den Marmor und ging langsam in den Casinosaal.

Kat stand im Schatten am Ende der Galerie, trank Champagner und schaute nach unten zu den Spieltischen.

Wie immer herrschte reger Betrieb. Leute wanderten umher, alle Tische waren besetzt, Chips und Karten blitzten auf dem Samt, und von den Roulettetischen war Lärm zu hören.

Direkt gegenüber und sechs Meter unter ihr konnte sie Roscoes Tisch ausmachen, an dem das Spiel – *Chemin de fer* – so wie beim letzten Mal lief. Latimer gab sich selbstsicher und hatte enorme Chipsstapel vor sich liegen.

Auf der anderen Seite des Tisches saß ein gebrechlicher alter Mann, dessen eine Hand auf seinem Gehstock ruhte, während er mit der anderen langsam nach den Karten griff, die aus dem Schlitten kamen. Er betrachtete eine nach der anderen.

Mein Mann spielt die Rolle seines Lebens.

Sie beobachtete, wie Harry der Schlitten gereicht wurde und eine neue Runde begann. Latimer war von einer kleinen Schar umringt – mehrheitlich weiblich, wie ihr auffiel –, und der Erpresser lachte zuversichtlich, als er einen Stapel Chips zur Tischmitte schob.

Kat vermutete, dass er den senilen alten Kerl für einen leichten Gegner hielt.

Die Karten kamen aus dem Schlitten. Nun spielte Harry nur gegen Latimer; die anderen am Tisch schauten neugierig zu. Gebrechliche Hände drehten Karten,

Chips flogen und wurden gestapelt. Noch eine Kartendrehung.

Ein kollektives Nach-Luft-Ringen am Tisch, als Harry sein Blatt zeigte und *gewann.*

Kat sah zu Latimer. Der Mann wirkte verwirrt, verengte die Augen zu Schlitzen und fragte sich gewiss, wie das passieren konnte, als ein großer Haufen seiner Chips von Roscoe zusammengekehrt und zu dem »alten Mann« geschoben wurde.

Nun sammelte sich eine Zuschauergruppe hinter Harry. Ihm wurde aufmunternd auf die Schulter geklopft, und es gab Gelächter und Staunen. Harry zuckte fröhlich mit den Schultern – als würde nicht einmal er verstehen, wie er hatte gewinnen können – und das Spiel ging weiter.

Und schon wieder gewinnt er.

Latimers Chipsberg war nun halbiert, während sich Harrys verdoppelt hatte. Tausende Francs waren im Spiel. Kat konnte den Schweißfilm auf Latimers Stirn erkennen. Seine kleine Entourage ebbte ab, und seine Bewegungen wurden schroffer, schneller, sein Kartendrehen wütender.

Kat bemerkte eine Bewegung am anderen Ende der Galerie und sah eine Gestalt auf sich zukommen, die sie kannte.

Lady Nantwich.

Ihr Blick war ganz auf Latimers Tisch unten fixiert, und es war offensichtlich, dass sie ebenfalls direkt über dem Tisch sein wollte.

Kat wusste, dass Lady Nantwich sie nicht gesehen hatte, weil sie im Schatten stand, und wartete, bis sie nur noch wenige Schritte trennten, bevor sie sagte: »Ein spannendes Spiel, *Chemin de fer,* finden Sie nicht auch, Lady Nantwich?«

Die Frau drehte sich ruckartig um.

»Lady Mortimer, was für eine Überraschung, Sie hier zu sehen!«

Kat trat ein wenig vor.

»Interessieren Sie sich für einen bestimmten Tisch?«, fragte sie mit einem Nicken zu dem Saal unten.

»Ach, ich weiß nicht«, antwortete Lady Nantwich. »Eigentlich bin ich keine *Habituée* der Tische.«

»Nicht?«, fragte Kat. »Das erstaunt mich, denn wie es aussieht, verliert Ihr Komplize dort unten gerade ein Vermögen.«

»Komplize, meine Liebe? Ich weiß nicht, wovon Sie sprechen.«

Kat ging etwas näher an die Brüstung und zeigte auf den Tisch.

»Cedric Latimer«, sagte sie. »Vor einer Stunde hatte er noch ein paar Hunderttausend Francs im Spiel. Und jetzt leider … *tant pis.* Na, Sie sehen es ja selbst.«

Sie wartete, während Lady Nantwich geradezu widerwillig von Kat zum Spiel unten blickte.

»Schauen Sie sich den sehr alten Herrn an«, sagte Kat. »Er scheint außergewöhnliches Glück zu haben.«

»Ja, fürwahr.«

Kat entging nicht, dass Lady Nantwichs Stimme bebte.

»Ja, es sieht sogar ganz danach aus, dass er – *quel miracle* – beinahe alles Geld von Mr Latimer gewonnen hat.«

Lady Nantwich schwieg.

»Oder sollte ich sagen … von Percys Geld?«

Achselzuckend drehte die Frau sich um.

»Na schön«, sagte sie. »Sie haben sich deutlich ausgedrückt. Wie viel wollen Sie?«

»Oh, ich will gar nichts.«

»Cedric ist ein Idiot. Sie können seinen Anteil haben.«

Kat schüttelte den Kopf. Latimer bedeutete dieser Frau eindeutig nichts.

Geht es ihr ausschließlich ums Geld?

»Warum haben Sie es getan?«, fragte sie.

Lady Nantwich sah zur Seite. »Haben Sie es noch nicht herausbekommen, meine Liebe? Und dabei hörte ich, dass Sie solch ein schlaues kleines Ding sein sollen.«

Kat ignorierte die Spitze. Fürs Erste. »Sie wollten Percys Vermögen, die Scheidung und keinen Skandal.«

»Richtig. Meine Ehe mit Percy ist schon lange vorbei. Er ist solch ein langweiliger kleiner Mann. Und Pickles? Wie peinlich das ist! Doch vor Jahren hatte ich keine Wahl. Ich brauchte sein Geld, um mein Familienanwesen zu unterhalten, und die Heirat war die einzige Möglichkeit, es zu bekommen.«

»Warum lassen Sie sich nicht einfach scheiden? Warum erpressen Sie ihn auch noch?«

»Ach, das war Cedrics Idee. Er ist ein bisschen ehrgeizig, müssen Sie wissen. Sogar gierig. Und ich musste dafür sorgen, dass er zufrieden bleibt.«

»Weil er dachte, er hätte eine Zukunft mit Ihnen?«, fragte Kat.

»Ganz richtig. Was ich ihm nicht verübeln kann. Er war nützlich, deshalb habe ich mitgespielt. Und meistens ist es recht spaßig mit ihm. Allemal spaßiger als mit meinem Mann.«

»Aber kein Heiratskandidat für Lady Nantwich?«

»Gütiger Gott, nein! Wenn es um Heirat und Familienehre geht, haben manche von uns hohe Ansprüche, *Lady* Mortimer.«

Kat lächelte. Die indirekte Beleidigung dieser Frau konnte ihr nichts anhaben. Ganz im Gegenteil: Sie würde es genießen, den Spieß umzudrehen, wenn dies alles vorbei war.

Sie hörte noch einen Jubel vom Tisch unten und schaute hin. Ein weiterer Gewinn für Harry. Der Haufen vor ihm war riesig, und eine Menge hatte sich um ihn versammelt. Latimers Chips waren fort, und er schüttelte wütend den Kopf. Der Mann sah verzweifelt aus.

Die Partie war fast zu Ende. Kat musste sich beeilen …

17. Das Ende der Vorstellung

Harry spürte, dass Latimer einen kritischen Punkt erreicht hatte, und machte sich auf dessen Reaktion gefasst, wie immer sie ausfallen mochte.

Trotzdem überraschte ihn, wie plötzlich und gewalttätig sie kam.

Er sah Latimer seinen Stuhl nach hinten stoßen und aufspringen – erschrocken stoben die Leute auseinander.

»Es ist manipuliert!«, schrie er. »Dieser verfluchte Tisch ist manipuliert!«

Harry merkte, wie an den anderen Tischen innegehalten wurde und Leute nach Luft rangen. Langsam schob er seinen Stuhl zurück, um für das bereit zu sein, was als Nächstes geschah.

Latimer schleuderte seine Karten auf den Boden und stürmte um den Tisch herum zu Harry.

Immer noch in seiner Rolle stand Harry wackelig auf. »Mein guter Mann, es ist reines Glück. Kartenspiele sind Glücksspiele.«

»Glücksspiele?«, wiederholte Latimer, packte grob Harrys Revers, alles innerhalb von Sekundenbruchteilen. »Sie Schurke!«

Ein stummer Aufschrei aus der Menge. Harry sah, wie Roscoe herbeigeeilt kam.

»Sir, ich muss doch sehr bitten! Lassen Sie den Herrn los …«

Harry ließ zu, dass er nach oben gezogen wurde. Latimers Gesicht war rot und verschwitzt. Eine Ader an seiner Stirn wölbte sich vor, und seine Augen waren weit aufgerissen.

Und er war ihm sehr nahe.

»Moment mal«, sagte Latimer, der Harrys Gesicht aufmerksam musterte. »Sind Sie nicht …?«

Harrys Oberlippe brannte, als Latimer ihm den falschen Schnauzbart abriss. Als Nächstes flog die Perücke auf den Tisch, von der eine weiße Puderwolke aufstieg.

»Was zum …? Wer zum Teufel sind Sie?«

Doch anstatt zu antworten, riss Harry beide Arme nach oben zwischen Latimers und drückte sie mit Wucht auseinander. Der Mann stolperte rückwärts gegen den Tisch.

»Ich fürchte, das Spiel ist aus, alter Knabe«, sagte er, trat zurück und klopfte sein Jackett ab. »Jemand muss verlieren. Und diesmal waren Sie dran. Ein Jammer, was?«

Er nickte zum anderen Ende des Saals, von wo sich nun Wyndham mit zwei Gendarmen im Schlepptau näherte.

Latimer schien eine Sekunde lang seine Optionen abzuwägen – ehe er in sein Jackett griff und eine kleine Halbautomatik zückte, die er mit zitternder Hand auf Harry richtete.

Tja, damit habe ich nicht unbedingt gerechnet.

»Waffen bringen nichts, Latimer«, sagte er ruhig. »Bei dem Spiel gewinnt keiner. Seien Sie kein Narr. Die Polizei ist bereits hier. Sie können nirgendwohin.«

Er blickte Latimer an.

Dies könnte auf die unterschiedlichsten Arten ausgehen.

Plötzlich richtete Latimer seine Waffe auf den Kronleuchter über ihnen und feuerte. Und in der Explosion von Glas, dem Geruch von Kordit und den Schreien aus der Menge sah Harry ihn zum Ausgang rennen.

Harry knöpfte sein Jackett auf, nahm den Webley aus seinem Holster, überprüfte kurz die Munition und jagte zwischen den verblüfften Zuschauern hindurch hinter Latimer her.

Kat lehnte an einem Metallgeländer in der Dunkelheit des Piers, noch ganz außer Atem von ihrem Sprint nach draußen. Hier war der Meerwassergeruch sehr streng, und die Wellen schwappten gegen die Stützpfeiler.

Auf dem Wasser spiegelten sich die Lichter des Casinos, das hinter ihr aufragte.

In der Ferne hörte sie Schritte auf den Holzbohlen, Menschen, die in ihre Richtung gerannt kamen.

»*Il arrive*«, sagte Paul Sorel leiser. »Latimer!«

Kat sah zu dem jungen Fischer, der mit leuchtenden Augen im Schatten stand. Sobald sie und Harry ihm heute Nachmittag den Plan geschildert hatten, war er Feuer und Flamme gewesen. Simone hatte ihm übersetzt, was nötig war, und der Junge hatte seine Ratschläge beigesteuert.

»Bereit?«, fragte Kat.

»*Oui!*«

Auf diese Rache hat er gewartet.

Früher am Abend, als sie im Casino eingetroffen waren, hatte Paul Capo mithilfe einiger Freunde überwältigt, als der in Latimers Boot gewartet hatte.

Nun lag der Ganove gefesselt und geknebelt zu Pauls Füßen, wo ihm der Fischer einen Tritt mit seinem Stiefel versetzte, wenn er einen Laut von sich gab.

Latimers Boot am Ende der Pier war an einer kleinen Leiter vertäut und wiegte sich leicht auf den Wellen.

Und dann hörte Kat einen Schuss – laut – aus der Nähe.

Sie presste ihren Rücken gegen die rostige Metallstange.

Harry duckte sich hinter eine Kiste mit Schwimmwesten, als eine Kugel über seinen Kopf hinwegpfiff.

Noch ein Schuss, und nun gab es einen dumpfen Knall, als die Kiste getroffen wurde.

Die rettet tatsächlich Leben.

Er streckte den Kopf aus der Deckung und sah Latimer hundert Meter weiter vorn um die Ecke des Casinos verschwinden. Dahinter war die Pier nur noch ein schmaler Holzsteg.

Harry blickte sich um. Wyndham und die Gendarmen waren noch weiter zurück und erkannten jetzt erst, wo das eigentliche Geschehen stattfand.

Mit seiner Waffe in der Hand kam er aus der Deckung und lief geduckt zum Ende der Pier.

Kat hörte den dritten Schuss – der sehr nahe war. Sie streifte ihre hohen Schuhe ab und nahm die kleine Automatikwaffe aus ihrer Abendtasche. Das Magazin hatte sie bereits geprüft und entsichert. Sie atmete tief durch.

Von ihrer Warte in der völligen Dunkelheit aus konnte sie den schmalen Steg seitlich vom Casino sehen. Und sie erkannte die flackernden Bewegungen eines Schattens – der länger wurde. Latimers Schatten.

Plötzlich war er da und kam schnell auf sie zu.

»Capo!«, zischte er, jetzt nur noch wenige Schritte entfernt. »Wirf den verdammten Motor an, du Idiot!«

Kat beobachtete, wie er sich im Laufen umblickte, den Arm hob und noch einen Schuss abfeuerte.

Und in der Ferne sah sie Harry seitlich am Gebäude, der sich dicht an die Mauer drückte. Es war nicht besonders sicher, solange Latimer noch Munition hatte.

»Verdammt, Mann!«, sagte Latimer, der nun an der Leiter neben dem Boot war und nach unten schaute, wo es nur teilweise zu sehen war. »Wo zur Hölle …?«

Jetzt oder nie, dachte Kat.

Langsam ging sie über die Holzbohlen, immer noch unbemerkt von Latimer, bis sie einen Meter weit weg war.

Dann hob sie ihre Automatik an und presste sie fest gegen den Hinterkopf des Erpressers.

Latimer erstarrte.

»Capo ist, nun ja … indisponiert«, sagte sie.

Latimer wollte sich umdrehen, doch sie drückte ihre Waffe fester an seinen Kopf.

»Keine Bewegung, Cedric. Und lassen Sie bitte Ihre Waffe fallen.«

Nach ein paar Sekunden tat er es, und Kat trat sie nach hinten zu Paul, damit er sie aufhob.

»Ich habe mehr Geld in meinem Hotel«, sagte Latimer. »Wir können halbe-halbe machen.«

»Was ist nur mit euch los?«, fragte Kat. »Immer wollt ihr halbe-halbe machen.«

»Was?«

»Kein Deal, Cedric. Oder zumindest keiner, von dem Sie profitieren.«

Kat hörte eine Polizeipfeife und schaute sich zur Pier um. Dort näherte sich nun Harry lächelnd mit der Waffe in der Hand, und hinter ihm kamen Wyndham und einige Gendarmen.

»Das Spiel ist vorbei«, sagte sie. »Alle Spiele sind aus.«

Einen Moment lang sagte Latimer nichts. Dann kam: »Nicht ganz.«

Und nun machte er einen Schritt nach vorn und sprang ins dunkle Wasser sechs Meter unter ihnen.

Kat spähte in die Dunkelheit und wartete, bis er wieder auftauchte und wild herumfuchtelte. Ein guter Schwimmer war er schon mal nicht. Harry kam zu ihr und legte einen Arm um sie.

»Komisch«, sagte er. »All die schöne Planung, und wir haben uns nie erträumt, dass er *das* machen würde.«

»Es ist ein kühler Abend, und ich werde ihm ganz sicher nicht hinterherspringen.«

»Mir ist es auch zu spät für ein Bad.«

Kat nahm ihn in die Arme und drückte ihn fest, bevor sie für einen Moment den Kopf hob und ihn auf den Mund küsste.

»Also, Sir Harry, fängt der Urlaub jetzt an?«

»Und ob er das tut, *ma chérie!*«

Arm in Arm gingen sie die Pier entlang auf die hellen Lichter der Stadt zu, während die Gendarmen einen tropfnassen Latimer aus dem Meer zogen.

18. Rückkehr nach Paris

Harry zog die Türen des Speisewagens auf und ließ Kat den Vortritt.

Drinnen war es bereits voll, und das Essen wurde schon serviert, doch sie hatten einen lauschigen Tisch am Ende des Wagens reserviert.

Die Essensaromen waren verlockend. Im Kopf ging Harry bereits die fantastische Weinkarte durch und überlegte, was sie heute Abend trinken wollten.

Nach dem obligatorischen Pommery natürlich.

War es wirklich erst eine Woche her, seit sie zuletzt hier im Train Bleu gesessen hatten? Kaum zu glauben. Aber wenigstens konnten Kat und er nach der Hektik, der Aufregung und der Gefahr nun ein wenig Ruhe und Frieden zu zweit genießen, als der Zug sie zurück nach Paris brachte.

Dann jedoch sah er Lavinia! Auf dem Fensterplatz eines ansonsten freien Vierertisches.

»Ihr Lieben!«, rief sie ihnen entgegen. »*Quel surprise, non?* Ich habe in letzter Minute noch einen Platz bekommen – und seht nur, mein guter Freund George hat uns einen Tisch frei gehalten. Ist das nicht wunderbar?«

Harry sah Kat an, die gnädig lächelte.

»Wie reizend«, sagte sie und setzte sich auf den Fensterplatz Lavinia gegenüber. Harry wählte den Platz neben ihr.

»Äh, Tante Lavinia, wir dachten, du bleibst noch einen Monat in Antibes«, sagte er.

»Ach, mir wurde so langweilig«, antwortete Lavinia. »Da passiert nie etwas, abgesehen von endlosen Cocktailpartys und der ganzen Schwimmerei.«

Harry schmunzelte.

Lavinia beugte sich über den Tisch und ergänzte leiser: »Selbstverständlich eilt euch beiden mal wieder euer Ruhm voraus. Ich habe keine Ahnung, wie ihr es geschafft habt, doch wie ich höre, hat sich Lady Nantwich ins tiefste Devon zurückgezogen. Cedric Latimer ist ebenfalls verschwunden! Und irgendwie habt ihr es hinbekommen, dass nichts an die Presse durchgesickert ist!«

»Anscheinend war die Gendarmerie froh, diesen Capo endlich hinter Schloss und Riegel zu haben«, sagte Kat.

Lavinia nickte. »Und der liebe Percy? Wie es aussieht, wird er nun frei sein, diese charmante junge Sängerin zu heiraten.«

»Verblüffend, wie sich solche Dinge entwickeln, nicht wahr, Lavinia?«, fragte Harry mit einem kurzen Lächeln zu Kat.

»Ist es durchaus«, antwortete seine Tante. Dann verstummten sie, während der Kellner eine Flasche Pommery öffnete und einschenkte.

Harry sah zu ihm auf. »Vier Gläser?«

»Oh ja, vier«, erklärte Lavinia. »Wir haben noch einen Gast zum Abendessen. Wirklich, der wundervollste, charmanteste neue Reisegefährte, den ich gerade kennengelernt habe. Er ist im Abteil direkt neben meinem.«

Nun blickte Lavinia sich zum Eingang um. »Ah, und

da ist er auch schon. Er ist sehr unterhaltsam. Was für eine Überraschung, bedenkt man seine Berufung ... Nun, darf ich euch den Erzbischof von New York vorstellen?«

Verwundert schaute Harry zur Seite und erblickte ... weißhaarig und im violetten Talar ...

Roscoe Burns.

Der genauso verdutzt aussah wie Harry.

Harry und Kat erhoben sich.

»Es ist mir eine Ehre, Eminenz«, sagte Harry und bemühte sich, nicht zu lachen, als er zu Roscoes rechter Hand hin nickte. »Wie ist es, küsst man Ihren Ring?«

»Ähm, nicht nötig«, antwortete Roscoe. »Nicht, wenn ich, ähm, nicht im Dienst bin.«

»Setzen Sie sich, mein lieber Erzbischof!« Lavinia klopfte auf den Sitz Harry gegenüber, und der »Erzbischof« nahm Platz.

»Was für eine Freude, Sie kennenzulernen«, sagte Kat, die dies hier gleichfalls genoss. »Ich bin übrigens auch aus New York.«

»Ach ja?«, fragte Roscoe.

»Oh ja, und ich könnte mir vorstellen, dass wir viele gemeinsame Bekannte in St. Patrick's haben.«

»Äh, sicher.«

»Und wie schön, Sie jetzt für eine Stunde für uns zu haben«, fuhr Kat fort. »Ich möchte zu gern Ihre Meinung zu der Frage hören, ob sich Sünder bessern können. Es ist nämlich so, dass ich nach einigen jüngeren Erfahrungen meine Zweifel habe.«

Harry prustete beinahe in seinen Champagner.

»Erlösung, ja, ein, ähm, kompliziertes Thema«, sagte Roscoe.

»Aber ohne Frage eines, das Ihnen sehr am Herzen liegen muss, nicht wahr?«, fragte Kat lächelnd.

»Ich sehe schon, dass es eine äußerst interessante Heimreise nach London wird«, sagte Lavinia, die bemerkte, dass hier etwas vor sich ging.

Dann erhob sie ihr Glas. »Auf neue Freunde!«

»Und alte«, fügten Kat und Harry im Chor hinzu und lachten, während der Zug nordwärts durch die abendliche Provence rauschte.